和而不同

辛丰年 严锋——著

上海人民出版社

目 录

下编

上编

字迹虽隐，心迹昭然

——关于曾国藩三封家书的杂感

《读书》去年九月号的“新书录”报道《曾国藩全集》出版，文中有句话：“……有时或令人觉其恂恂有儒者之风……虽然这绝非作者的全面。”

小学生时代常常看到，有的人家并不喜欢读书，却少不了有一部《曾文正公家书》。上四马路“文化街”去，这书更是随手可得，从扫叶山房石印本到什么一折八扣的铅印本。文正公的大人物形象便在心中印下了。

这形象的起变化，当然同历史知识的增长有关，但还有一个原故，是知道了有些我不能不痛恨的人，对曾氏是奉之若神明的。其中便有那个自封中山信徒，对异己者不论是“密裁”还是公开屠戮都心不动手不软的“委座”。

一个人总是从正、反、侧等多方面长知识，长见识。后来又读过一些资料，曾氏这个“矛盾人物”的形象又多面化了。这个恂恂儒者，精义理善词章，又是以书生而“操杀人之业”的实干家，对于牵制历史车轮的运转，他起了并非不足道的作用。满汉统治者尊崇他是毫不足怪的。可怪者辛亥革命以后他那影响并没有消失，俨然还是许多人心龛中的圣哲！

几年前看到一则有关曾氏的掌故，颇有些悚然，但随即便又深愧自己头脑简单大惊小怪了。

那是从民国时人黄濬（秋岳）的《花随人圣庵摭忆》中发现的。记的是一八六四年天京陷落前夕曾氏三通家信之事，都是写给乃弟国荃的。曾老九是攻打天京的清军的主角。《花随》作者说：

“以行世本校之，有一通未辑入，余二通皆经删改。”

这不予辑入和删改，正是大有文章！

其中四月二十日夜的那封写道：“……余意欲奏请李少荃（按即李鸿章）前来金陵会剿。”——但他又觉得这样办有利有弊。利在李部洋炮多，可以早日把天京攻下，省却乃弟的心血，而弊在李“气焰颇大”，怕曾国荃受气，且李部淮军“骚扰骄傲”，“恐欺侮湘勇，克城时恐抢夺不堪”。因此又“不愿请来与弟共事……特此飞商……若情愿一人苦挣苦支，不愿外人来搅乱局面，则飞速复函。余不得弟复信，断不轻奏先报”。

行世的《家书》整篇删而不录的就是这封。这原故无须猜详，信中气味同“尽忠谋国”的公开形象未免不大吻合！

第二封信，五月十六日的，堪称“要害”，不能不多抄原文：

夜来又细思，少荃会剿金陵好处甚多。其不好处不过分占美名而已。后之论者曰……少荃克苏州，季高（按即左宗棠）克杭州，金陵一城沅（按即曾国荃）与荃各克其半而已。此亦非甚坏之名也……如弟必不求助于人，迁移日久，肝愈燥，脾愈弱，必成内伤（按：曾国荃当时“心血亏损”，病得不轻），兄弟二人皆将后悔，不如及今决计，不着痕迹……

接下去便出现了令人不寒而栗的三个字。请看：

少荃将到之时，余亦必将赶到金陵会剿，看热闹也。（着重号自然是笔者加的。）

《花随》中说明：“案此信删一百零九字。尤妙者‘看热闹’三字节去。”

另一本笔记，瞿兑之的《人物风俗制度丛谈》中有与此相同的记述。

五月十七日的第三封信，仍是商量此事，后来删去二十二字。

尽管曾氏苦心劝说，后来会剿之事并未实现。李军没来，攻克金陵的“美名”便归曾国荃独享了。

且听《花随》作者对这件公案作何议论。虽然逻辑颇奇，却又反照出景仰曾氏者的心态，也值得一抄：

“文正欲令李文忠援其弟而又虑分功生隙。其心事曲折，此三书和盘托出。吾人与其嘲为天人交战，勿宁佩其谋国之至忠”。“文正欲借助淮军正以其有大炮之故。诸帅忌嫉，湘淮相轻……而文忠已逆知忠襄（按即曾国荃）不欲他人攘其功，卒托词炮不宜于夏，谢不往，非只为忠襄，乃为文正也。”

在顶礼膜拜者心中，偶像虽伪亦善。反正，“经”与“权”都掌握在圣贤们手里。

虽为贤者辩，他却又并不为尊者讳，而且情不自禁地说出了“尤妙者……”这种皮里阳秋的话。但我们完全信得过他，无中生有，厚诬他心目中的“中兴名臣”，那是决不会的。这三通信的原迹，据云是从曾老九后人手中流散出去，为罗叔章其人所得了。至于校阅过《花随》书稿的瞿兑之（即瞿蜕园），他岳母是曾氏的女儿。他的记述也不大可能失实吧。

凡夫读史，无非为了解惑求真知。妄测那删削“看热闹”三字的背后，恐怕并非由于对那些活该诛灭的“发逆”忽然生了恻隐之情（虽然“亚圣”也说过“不忍之心人皆有之”）；合理的推论是写信者后来想起，在屠城的“热闹”场面中，肝脑涂地的也有那些追随他血战多年的湘勇。比如攻城头奖获得者（虽然后来也有争议），伤重毙命的李臣典就是一个。将这些人也列在被“看热闹”的对象中，确乎不妥！

不删是不行的。而这正是写信者亲手删的。《花随》对此也有具体交代，是目睹原信真迹的袁海观（树勋）说的：“诸书删改皆文正自为之。”此人曾在曾氏金陵总督衙门里“常见其将家书底稿躬自删改发抄，已有必传之意”。

想抹掉字迹反而露出心迹，这类例子恐怕历史上是并不难找的。窃国大盗袁世凯用心写了关于戊戌政变的日记。其中并无向荣禄告密之事。写《张謇传》的刘厚生指出这是后来追记且经过秘书张一麐加工的。（《张謇传》七十九页）刘氏论道：假如老袁对此闭口不谈，人们也无从指实，一编造这日记，那便等于自供了。

爱·克兰克肖在《赫鲁晓夫回忆录续集》前言中说得警拔：“回忆录的主要价值不在于提供了事实，而在于它常常无意暴露的思想状况。”其实，“思想状况”岂不正是极其重要的事实，而且是假不了的事实？

三封信，尤其那三个字的删改，只看通行本《家书》的人是不知道的。当年上了《褒忠录》进了“昭忠祠”的幽魂们更是想不到的。然而字迹虽隐而心迹昭然，这三个字应该用强光灯来烛照一番，也不妨说是人物肖像的“颊上三毫”——只是人物自己是不想让它添上去罢了。

索性联想开去：涂改李秀成自白，奏报天京缴获不实，以及后来办理天津教案，明知会“内疚神明，外惭清议”，然而他这个曾对洋人强加于中国的条约“阅之不觉呜咽”的人，到底还是杀了无辜之民以谢洋人……这种种也就都合乎此人与历史的逻辑了。

然而那三字中透出的精神状态，比血洗天京的行为本身更加令人难以忘却。古来以残虐娱心快意的事例，似乎出之暴君之类的居多。以儒言儒服而又忽地露此种相，联想加尔文的火焚异端，马丁路德诅咒起义农民该死，似乎庶几近之了！

那精神状态，怕也是有渊源的。残虐心理固然是“狗抓地毯”，看戏心理又何尝没有传统。清人笔记中记着某“怪人”为了修养“不动心”的本事，有意常到杀人场仔细观看。其实道学家“以理杀人”也就是“不动心”的，更何况曾氏这种为了捍卫名教自觉地操戈卫道之士。不过杀人场边看了血肉狼藉的情景而大感愤懑，几天吃不下饭的人也是有的。在曾氏手下经办过洋务的容闳恰恰是一个。

三通信中“和盘托出”的诚与伪，也大可深味。如其随手给他贴上一个伪道学君子的标签，又嫌简单化了。诚伪相杂而又诚伪相济，难分难辨，恐怕不少历史中的矛盾人物有这复杂相。虽说是替天行道，有时也不能不“天人交战”的。

《花随》中所记曾氏轶闻还有好几则，同正史野史中别的史料串起来思索，有助于从正、反、侧诸方面去审视人物与历史，以获得较为立体的印象。于是也更加觉得，只有多读多想，才可能免于简单化。

然而又不期而然想起知堂的一篇文字：《读思痛记》。文中说什么“洪杨之事今世艳称，不知其惨痛如此”。(《知堂书话》七三七页）博览群书的知堂，即便未曾注意到《花随》中的记述，清人野史中关于官军“如剃如篦”的德政的话，“曾剃头”的雅号，似乎是不该忘记的。而且知堂早在一九二七年也曾并不含胡地指出，吴稚晖毫无心肝地嘲笑：“清党”中被害者是“千年老尾露出”。(《谈龙集》二八三页）那么这又似乎告诉人们，知人论世的全或偏，又殊不一定决定于所知信息的多或少了。

我想，以往那些家藏一部曾氏家书的人，自然是拿它当作自己和子弟们修身齐家的教本看的了。如今，设想将此类被着意删改的部分（未必仅仅《花随》中提供的这些）和传世通行的本子，以及文集中那些以正心诚意谆谆教人的话合而观之，那一定是真正有益的。这样才比较的“全”，不但文字“全”了，更要紧的是我们看到的人物比较全，也比较真了。

（《花随人圣庵摭忆》，上海古籍书店一九八三年据一九四三年印本影印出版）

了解战争　思索历史

“海湾”烽火连天之际，我找出几年前买到的《现代战争指南》重读一遍。

军事学术同我不搭界，也从不想研究战争问题。只是性好读史。一部二十四史，前人说是“相斫书”。撇开了二次大战及其前因后果，又从何了解现代史。所以也常涉猎介绍军事知识的读物。偶然见到这本《指南》，一读便放不下来。今天“带着新问题”重读，又读出新的意思。我当它一本好科普读物来读。

《指南》作者美国人詹姆斯·邓尼根，是此道专家。他写的这本书，既有学术性，也适合普通人阅读，因而一度在美国成了畅销书。

书中大量的统计表格，提供有关战争问题的数据。一部分文字也便是这些表格的说明。我们不妨先不去碰这些专业性的资料，免得冲淡了阅读兴趣。

我觉得有吸引力的不仅是它展开的一幅战争知识全景图，而且是作者那出色的文字叙述。具体、实在，毫无某些教科书、专业著作那种抽象沉闷之感，而且，促动思考的警拔之语是很不少的。

最值得注意的，这个拥有美国国防部、西点军校、陆军军事学院等单位顾问头衔的专家，似乎并不怎么想炫耀武力、推销战争，反而在许多章节中有意道破真相。

第一章《怎样成为一名能运筹帷幄的将军》，一上来便是这样一番话："对我们大多数人来说，战争……充满着神秘色彩。报刊、电视和广播则帮助编造这些神话，让这些神话长期流传下去。而且就连一些行家对战争的过程也往往缺乏了解。""事实上，战争从来就是得不偿失……只有那些未直接参与战争而幸存下来的人们才热衷于回忆战争。"所以他郑重宣布："本书旨在澄清某些误解，戳穿一些骗人的鬼话。"

这已是带着感情在发话了。是战争指南，还是对玩火者泼冷水？就凭这开头的文字，也不能不叫人愿一观其究竟。

这种兵凶战危的思路是贯穿于五百页厚的全书的。全书二十九章，有许多章节只是那小标题便已引人入胜："做好精心准备：为什么士兵会去打仗"，"战争的基本法则：墨菲法则"，"胜利属于谁"，"消耗"，"战争的代价"……这几章都是读了既长见识又促思考。

作者让事实说话，运用他精选的史实与具体细节来告诉人们，战争舞台上是如何地充满了麻烦、艰苦和残酷。

第三章是《坦克兵：决定性的兵种》。看了这十七页中扼要的叙述，我好像对这种战史中已熟见的“战争之神”终于有了些较为真切的了解。

作者告诉我们：“坦克不能作远距离运动，否则大部分会因机件损坏而无法行动”。“一个拥有三百辆坦克的师，行进一百公里（三小时的行军），会有一百辆以上发生故障。一个师每行进一个小时，将损失百分之二到百分之二十的车辆。”“坦克的非战斗损失大于战斗损失。”

我又才知道，这种钢铁恐龙原来是“爱闹毛病的怪物，每天至少需要八个小时进行维修”。而且，这庞然大物如果撞击障碍物时角度不正确，履带就脱落，而这对于经验不多的驾驶员来说是普遍存在的问题。但要重新装上它便需要几个小时。“无论在何种地形上，行进一千到三千公里，就得重换履带。”

作者的话总是要言不烦又带点幽默味。例如，与汽车相比，坦克更需要经常检修。然而“在最需要这样做的时刻，又往往最难做到这一点”！

坦克手的工作与生活情况，更令人恻然，“由于炮塔的旋转，主炮的后坐力，和重五十多磅的炮弹的不停颠簸，那些粗心大意疲惫不堪或者训练较差的乘员，时常会发生皮开肉绽、折骨断筋的事故。”“由于要在狭窄的空间中取弹装填，装填手经常会碰伤。”尤其令人心惊的是：“一个称职的车长应该把头部和肩部露在炮塔外面，直至受伤为止。”(!)“一旦车长受伤，每个人都会心慌意乱，直到受伤者安静下来，或者尸体被投入车的底部，或被抛出坦克为止。”

读到这些地方，忽然联想到司汤达和梅里美作品中的战场。这都显得冷静、客观。然而，总比浮而不实的描叙好吧?

《易遭伤亡的步兵》这一章，我觉得比那些谈核武器、空间战的部分更值得好好读读。战场上的步兵生活，从《西线无战事》到《日日夜夜》，我们读得还少吗?然而那是“艺术的真实”。看看本书作者如何在拍摄这部“现代军事科学科教片”中，把特写镜头对准这自来便是主要角色的步兵，是很有意思的。因为，在核武器、电子战以至太空战的条件、背景下，连“机器人兵种”也将或已成事实的时候，步兵如何活动，实在是一个应多加了解与思索的题目!

《指南》中使我感到不可思议的信息颇多，但可以相信，它们并非“猎奇文摘”中的“珍闻”。

读《世界上的武器》一章，知道了“目前武器的构思、设计、制造和使用，往往以愿望代替过去的经验……武器的发展变得如此之快，以至于现在有许多武器生产之后还未在

实践中使用便被替换了。”（有些导弹便是如此）

有这样的怪事：在不到五十年的时间里，人们造出了一百七十多艘无畏战舰。但其中有一半以上从未与另外的战舰交过战，原因之一就是它们太宝贵了，人们不愿在作战中拿它去冒险。其中有五十五艘沉入了海底，但百分之十七是出于意外事故。像这样在一种武器系统上花钱如此之多，收获如此之少，以往是从来没有的。然而现代电子器材的使用更是一个开支巨大收益极小的典型事例。

关于这种价格越来越贵性能越来越不可靠的现象，《指南》中有个对电子元件价格和平均无故障时间之间的关系的小统计，明快地说明了问题：一个价一千美元以下的部件，平均工作一千五百小时出一次故障。价一千元的，二百五十小时。价一万元的是一百二十小时。十万元的是十二小时。百万元的则使用不久就可能出故障。“这就是航天飞机携带五部完全相同的飞行控制计算机的原因！”

在《消耗》一章中，作者直言不讳，说出了他的战争观：“毋庸置疑，通向胜利或失败的道路都是尸体铺成的。”再联系上文所述，那么，白骨铺成的路又是铺着黄金砖的了！

《指南》这书当然有它的局限，即便我们这种普通读者也不会不觉察的。但作者的视野、思路并不是简单化的，所以他提供的资料，能让你对战争中人与物的关系、与现代武器发展俱来的利弊、各种错综复杂的相生相克，等等，进行思索，而且引向战争以外的问题，所以大有助于我读史了。自然也包括读那篇“写”而未久的“海湾”战史。《指南》中已提到两伊之战。书里说是“正在研制”的隐形飞机，如今也已投入了战场。等到这场现代武器、作战方式“大试验”结束，新版《指南》的内容恐将大大改写了。

战争史虽有新篇，变化中总必有守恒的因素，这也是不奇怪的。不然的话，两千多年前的《孙子兵法》怎的成了美国兵营中的畅销书？《指南》中虽然没有引用孙武子，然而开宗明义第一章便大讲战争的得不偿失，令人立刻联想到，“十三篇”不也是劈头便讲“兵者国之大事也。死生之地，存亡之道，不可不察也”？

我总认为，作为一个现代人，如你对苍生的死活不抱漠然之心，那么，又如何能不读点史？此书正是辅导读史的好参考。有谁只因时光过剩，找些军事知识读物来遣此无聊之生，那么《指南》也可以让他较为严肃地看待战争这种万物之灵发明的东西！

（《现代战争指南》，詹姆斯·邓尼根著，军事科学出版社一九八六年版，3.50元）

想重读而不可得的书

虽然有那么多的新书来不及看，却又常常想念一些已经阔别几十年的书，这也有点像很想重听老唱片。

几年前，刚买了《三个火枪手》的新译本，一发现《侠隐记》又出现了，毫不犹疑地买将回来，重温一遍，真有如见故人之乐。中学生时代就迷上了它。“三部曲”只有两部，三缺一，一直是个遗憾。后来从两大箱《说部丛书》中发现了《波拉治子爵》，虽不如前两部有魅力，却也大为惊喜。

一向觉得，大仲马这部小说同伍光建的译笔在风味上很合适。三个火枪手与其跟班的不同面目和声口，在我心目中已同伍译的语言不可分了。

后来又发现，他这译笔也适合译夏·勃朗特。年青时看得津津有味的《孤女飘零记》、《洛雪小姐游学记》，也都是老商务印书馆出的他的译本。其后又读了《世界文库》上李霁野的《简爱自传》，也读过茅盾对伍、李两译的品评文章。我虽不免先入为主，对李译也很有好感。联想在《中国新文学大系·小说二集·导言》中，鲁迅对李氏文笔的形容“真如数着每一片叶脉”，更觉得那是于逐译《简爱》很相宜的了。从此就处处留心李译的书。商务版“世界文学名著”中有他译的《被侮辱与被损害的》，读了也很感动。李氏译文很能表达那种真挚恳切之情。

十里洋场化为“孤岛天堂”的时候，有一天曾在四马路上找一家文通书局，走进光线暗淡顾客也寥寥的店堂，不为别的，只为买一本《狭路冤家》。既是慕名想一读《简爱》作者的小妹写的这部奇书，也是由于它是伍光建译的。这书厚厚的，比原著厚了一倍还不止。《狭路冤家》这书名完全是中国味，且有通俗文学味（也可说有清末民初译名之遗风吧?），但肯定比《魂归离恨天》来得雅。当时这部费雯丽主演的片子正在上映。

读了《狭路冤家》，觉得译文的调子似乎和《孤女飘零记》又有所不同，畅达地传达了爱密丽小说中的激情。我对伍译是更喜欢了。《威克斐牧师传》、《艰难时世》、《克阑弗》等等，都成了我爱读的书。

书名之怪与“狭路”相似的还有一部《活冤孽》，也是商务版，译者署名俞忽。今之读者怎会想到，它就是雨果的《巴黎圣母院》！译文中大用方言词汇，例如“哈大麦糊”。但又和张谷若译哈代作品，用侉腔译乡下人说话不一样。这种译法颇能增加原著中奇情怪态的色彩。昔日读此书最受吸引的是怪人登楼鸣钟那一大段文字。既富诗情，又有乐感，雨果像在赋诗，译文也酣畅极了。

人间每有不期而遇的巧事。五十年代初，偶游厦大，见到徐霞村教授。他的文章早就读过。可巧谈到了《活冤孽》。请教他：俞忽是何许人？他一笑答道：就是我！

“文革”前从旧书店又淘到这部书，原先买的已丢失了。而后买的一部很快也进了废品站。不久前才听到俞忽已成古人的消息，心想如能第三回买到此书，首先要重读为快的，是那驼子骑在大钟上荡秋千的一段“诗”。

虱多不痒？

记不清从什么时候开始，书、报上的错字和其他质量问题逐渐成了灾。近来似乎已不大看到有谁提起，自己读书看报，发现了问题也无动于衷了，除非错得太厉害太离奇。难道真是“虱多不痒”？

徐志摩的文章我嗜读，不但因为文章好，也因为对“五四”以来的文学史有兴趣。虽然已经有了《徐志摩散文全篇》（浙江文艺版）和若干单行本子，一见书店中出现《徐志摩全集》（广西民族出版社一九九一年出版），而且书架上仅此一套，便什么也不考虑，赶快买下，捧回快读。目前虽还没有通读全部五卷，也浏览了一大半了。作者的文笔给我以不常有的享受，然而这种享受却又因触目惊心的错字而大打折扣，一望可知的，可以从语词习惯用法判断的，还无所谓；不可通，但又疑莫能决的地方，特别是诗、译文与口语词汇之类，需要有“善本”对勘才弄得清，然而又不可得！

《文汇读书周报》的篇幅宝贵，多举我已发现的错字例也徒乱人意，且举些比较古怪的。我数了一下，从第一卷上《序言》第七页至二十三页中，有七次用了“崇拜”、“崇尚”、“推崇”这种词儿，那“崇”都以“作祟”的“祟”字取代了。想起来不可解的是，一个使用频率较高的铅字，何以会一再误为较生僻的字？

同是在这篇序文中，十七页与二十页上，共有五个“末”字统统成了“未”。

有一处差错，比这种错字的例子更值得一说。《全集》第五卷从三八九页起，是《志摩日记》之二中的《西湖记》。这是读起来很有意思的“文史资料”。其中记了他们在湖上骂了一通康有为之后偏又碰见那位康圣人，还有和汪精卫同游之事。可惜这里把年代搞错了，标为“一九一八年九月七日——十月二十八日”。其实，那年的八月十四日，徐氏已由沪去美留学，何能又身在杭州？翻到《全集》最后，《新编徐志摩年谱》中，这段西湖之游也明明记在一九二三年项下。前后矛盾，自然是后者对。

这一组日记中我更感兴趣的是十月十一日那天的内容与文章。所记乃他同胡适之、朱经农步行往哈同路民厚里访郭沫若的亲见亲闻。其间，“沫若自应门，手抱襁褓儿……厨下木屐声卓卓可闻，大约即其日妇”。他们进门时看到田汉，转眼又带着孩子不见了。坐定寒暄后，成仿吾从楼上下来。接下去是尴尬的场面：“殊不话谈。适之虽勉寻话端，发（按陈从周《徐志摩年谱》中此字作“以”）济枯窘，而主客间似有冰结，移时不涣……适之亦甚讶此会之窘。”其文其事，都可以收进“今世说”吧！（一九八三年江苏人民版《郭沫若年谱》中一九二三年十月十一日这一条中不提此事，其后的几天中郭对徐回访赠书，宴请徐、胡，他们又回请郭、田等情节，自然也都不提了。）

梁实秋也特地将这个文学史镜头剪接进他的《谈徐志摩》。但不知何故，时间也错成了一九一八年。他这个徐的知交理应发觉那时间与地点是对不拢的。一件并不难查对清楚的事，竟在今昔两地的出版物中一再沿误！

我是读了序言便放下第一卷去看后几卷了，因为他那“跑野马”的散文比第一卷中的诗更叫人着迷。因此虽然发现了许多令人不舒服的差错，完全没想到还有“高潮”在后面。等到我返回去读他的诗，从《海韵》、《我不知道风是在那一个方向吹》等诗中追寻昔日的初读印象，更注意《集外诗集》中我陌生的作品时，四七一页上的四行字简直叫人不信自己的眼睛了！这一页下有小注云：写作时间、发表时间、报刊不详。在一九六九年台湾传记文学出版社版《徐志摩全集》第一辑里有一段说明：“徐志摩作品墨碛（笔者：又一个错字！）之四（以‘黄狗’笔名所写之旧体诗）”。

这首令人愕然的“七律”（原文如此！）抄如下：

山围故国周遭在，潮打空城寂寞回，淮水东边旧时月，夜深还过女墙来。

再多说，就成蛇足了！

跟踪读书的苦乐

《文汇读书周报》第三七五号上的《在无知后面的喧宾夺主》，读后感到有点震动。就在此前不久，我正欣欣然看文中所议的那本《哲学的故事》。自己并不想研究什么形而上学，只不过想增加点知识。而且我对科普读物一向有嗜好。我觉得读这种书，如果写得高明，不但可以费力不多便长了知识，同时还欣赏了作者的文笔。化艰深为明白，而且谈得有情趣，这要有大手笔才行。这种“嚼饭哺人”者的启蒙苦心，更使人感动而且感激。所以极盼还有法布耳、伊林、房龙那样的作者，多写些各种各样的科普读物出来，以惠我辈凡人。《哲学的故事》正是一部“哲普”，而且有个青年已经读过，叫好，向我推荐了，我如何不喜！书中开头的导论和中间谈伏尔泰的一章，一读便觉得很有味道。于是不等读完全书便也在通信中向远方的友人推荐了。《无知》一文使我恍然于自己的无知，既自惭，也深愧推荐的冒失。赶快再去信，趁此也托友人代觅《无知》文中说的另一种译本，即杨荫鸿、杨荫渭合译，由书目文献出版社修订重印本。不多久，一本好不容易从出版社仓底挖出来的《西方哲学史话》便寄到了。

首先是王大庆教授的一篇《重印序，一个老读者的话》把人吸引住了。三十年代，他在上海四马路开明书店的店堂里发现此书，他“不能买，又想看，就只能学汉朝王充的样，站在书店里看，一次看一点，把假日都投进去，看了几个月，居然看完了”这部厚厚五百页的书。他后来把全部精力交给了西方哲学史的研究，此书是第一个因素。

真是一篇有味之文，可以激发读书欲，也叫我更想细读他介绍的这部好书。同时，自己也一下子回到了几十年前的开明书店。当时也曾是那里的常顾之客，那高到快到天花板的书架，可以爬上去翻书的木梯，并不大的店堂里有种宁静安详的气氛，至今都不能忘。假如我早去两年，书架前必有站在那里读书的王君吧？当年一来年少无知，二来更感兴趣的是文艺和“形而下”的知识，所以没注意这本书，交臂失之了！

现在，两种译本都摆在面前，对照着看了几章，仅从中译文字所得印象来说，杨译诚如书前出版说明所云：“文字上有些陈旧”而又“不失为一个好译本”。这是书目文献出版社比较了旧时三种中译，对照原文得出的看法。尤其因为这次重印时出版社做了许多修订工作，校正了个别词句的译文，统一了译名术语，增加了约五百条注。

新的译本《哲学的故事》，译笔确是流畅，读起来舒服。然而想到鲁迅先生对“顺而不信”的译文的批评，便觉得《无知》文末对翻译哲学著作要“多存一点敬畏之心”的忠告，也是对一切译本的读者的有益的提醒了。于是突然又产生了求原著而读之的愿望。这样一部好书，从那赢得广大读者的效果，可以想见原著科普艺术魅力之大了。要弄清原意，感受“原味”，再好的译本也难以满足。

然而要继续这种跟踪，又可惜身居寂寞小城，不能如愿，至于作者的另一部倾注了三十二年的心血才完成的《世界文明史》，此生恐怕更是休想一见了！

假话与真情

——读《周佛海日记》

排一排中华历史上离奇古怪的现象，抗战时沦陷区的敌伪统治要算一个。敌伪之间，加上对于敌伪来说“敌乎友乎”说不清的“顽”方，三角之间，又勾搭又摩擦，演成了种种光怪陆离之相。每一涉猎这段乱世风光的史料，觉得比读前朝往史更令人惊，令人愤；而又往往可以从它同历史中上下文的微妙相似之中，见其中华特色。

未曾目睹怪现状，而想了解其复杂相的，不可不读周佛海的日记。

此公，“一大”代表名册上有名，抗战初的“低调俱乐部”中重要角色，可谓一个善变的人物了。先是脱党而去，当了蒋党骨干，然后又投向同蒋唱对台戏的汪派怀抱，下水做了汉奸。鬼子一投降，《往矣集》的作者蓦地又成了曲线救国的好汉，甘为那些一时还来不及“还都”“劫收”的鼠窃狗偷们站岗放哨，当起了保镖。凡是一九四五年八月间在沪、宁地区目睹煌煌告示上署着这个白骨精的新头衔“国民党军事委员会上海行动总队总司令”的人，不会不为历史老人的恶作剧而愤笑皆非吧！

这本历史闹剧又来了个抢景换场；此獠被逮下狱，判处极刑，随即却又恩减为“无期”了。蒋帮坏事做尽，像此类丑恶手脚，正给历史天平上加了个不轻的砝码。

如此叫人眼花缭乱的舞台场景，卖力献演的这个角色，他那日记里写些什么人话鬼话，可让我们从正反两面一窥历史之真相？

日记有两部。一部从一九三七年七月记到一九四五年六月；一部是《狱中日记》，从一九四七年一月到九月。两部日记合而观之，可从其自我对质中看到此人的面目与肺肝，那种自打嘴巴的戏剧效果是不可多得的。

《狱中日记》二十一页上，他写给特务头子毛人凤的信里说：“外间传余财产甚多，实则所有无几。”在别处，他也自诩“清贫”。

翻翻前一部日记，一九四四年末，赫然有账焉：“以若干化名在中国实业银行存一千万元，另有金城、浙江兴业银行各一千万。”（按，此处的“元”，指汪伪发行的“中储”券。“中储”银行也是在周佛海一手控制之下的，这笔钱，以当时物价计，相当于七百五十根金条或大米一万担。）

可发一噱的是，他竟把一九四一年二月二十五日那天亲笔所记的也忘了：

“与淑慧料理家务，略清存款。为数虽不多，一生温饱或可勉强维持。以赤贫之书生而有今日之蓄积，比上不足，比下有余。”

《狱中日记》大谈自己对渝方派往沦陷区的人是如何的冒着风险加以保护、营救。而在前一部日记中，一九四一年二月二十二日却有另一种自供：

“……击毙农行（按即中国农业银行）行员六人……盖沪同志接余电即反攻也。阅电颇为悲痛……其责应由渝方负之也。”（按，此前发生了伪方银行职员遭渝方狙击殒命之事。）

“颇为悲痛”之后，四月十六日又是这样一条：

“……当令沪同志本晚于渝系银行职员中杀三人以报复。”

《狱中日记》有不少处用了忧国忧民的腔调谈时局，发议论，俨然是个“言论正生”。这正好可以对照另一部日记一九四一年一月二十五日所记：

“赴中行分行（按即‘中储’分行）……二十年前流浪于黄浦滩头，今日能作黄浦滩上一大厦之主人，人生如此，亦足自豪。”

这才露其真情，而且古已有之，毫不新鲜。

自暴真情而令人有滑稽感的是一九四七年四月十二日的日记。那日有金陵女大的几个学生参观监狱。有人告周："她们都在看你。"于是这个大受优待的"钦犯"发一通感慨：

"渺然一身竟能令人注意如此，亦足自豪。"

有趣！前一部日记中的"自豪"是在华屋之中；今又"自豪"，已身处狴犴！

读至此，人们不会不想起一句古话。此话他也想到了，却又来了个滑头的自我解嘲：

"……余虽不能谓流芳，然亦决不能谓遗臭。""此不仅余之良心如此，想即沦陷区数亿人民见余行动，自由区（按指蒋管区）知余行径者亦不作如是观。"

日记中还有自怨自艾，自悔押错了宝。这些很值得注意，因为这倒是令人觉得坦白多于伪饰了。一九四〇年十二月五日记着：

"二年来……世界情形与两年前有巨大变动，惟观察日本疲惫情形，又似重庆见解为正当而吾人为错误矣。"

自许为"识时务者"的这个投机商，才下水两年，便在风云突变的形势面前张皇失措了。

又过了二十天，这个前"低调俱乐部"的成员竟又唱起了同过去适得其反的低调。"美国如此积极，日本如此荏弱，均出意外。认识不足，观察不足，吾人自不能辞其咎也。”“瞻念前途，荆棘遍地，而日本之无办法实出意料之外，今后不仅为我国忧，且亦为日本担心。”

这前一部日记，也许并不想被人看到，看他在一次失火时从保险箱里抢出它便逃可知。肯自承失算，并不足奇。然而这是不是在见风转舵之前心理上先作个铺垫？就在珍珠港一役之后才十个月，他悄悄地派程克祥赴渝去办“自首”了！

在后来受审之日所作《简单的自白》中，他辩道：“如果说当时我是无路可走不得不如此，那我就要提请注意。我呈请自首效命中央的时候正是敌寇在太平洋很猖狂，德寇在欧洲占优势……的时期。”

而其实就在一九四〇年十一月的日记中，狡兔之心，和盘托出：“最好汪蒋之间能有默契及了解，一参加日德意阵线，一参加英美阵线。将来无论谁胜谁负，中国均有办法。”

好个“均有办法”！是中国人民均有办法还是他们这两帮招牌不同的货色均有办法？令人深长思之的是，这本如意算盘好像也并非中国史上的新名堂。次年六月二十九日，他更把这种打算挑明了：“……英美俄及日德意两阵线已分明，重庆已加入前者，如前者胜，中国之福；如其败，中国之祸。今南京加入后者，则双方皆有关系，所谓脚踏两条船。

无论胜败谁属，中国不致吃亏。双方当局均应有此谅解，不可因此真演成国内之争也。”

真正是左右逢源！

一九四七年七月十四日狱中所记，也并非不值一抄吧：“墙外常有汽车经过，其喇叭声极似余向日所乘者……无论如何达观如何麻木，心非铁石，岂无‘沉舟侧畔千帆过，病树前头万木春’之感耶！每闻此声，恍如由外回家，将抵门前，车夫鸣喇叭时之情形。回首前情，何禁黯然！”

《狱中日记》同另一部日记不大一样，有传递信息制造舆论的意图，自说自话，其实他心目中有听众，包括“委座”，欲使闻之。但这部情伪相杂的日记也许比另一部更有价值。此中记录了形势、处境发生沧桑大变时一个内心并不简单的小有才的弄潮儿的反应。像以上所抄的这段，可信其为一个黄粱梦觉者的一种“由衷的遗憾”吧？

髡刑古今

——温故知新一得

江绍原的名著《发须爪——关于它们的风俗》这本书，老早以前只是闲闲阅过便收起，几乎无甚感受。现今买得上海文艺出版社的影印本，读到书中的一处，却是不但有顿悟，而且，不打诳语，简直毛骨悚然了。

此书从八十页起是古时髡刑的考查论析。著者引《周官》中所列古刑，除了搏（即磔）、墨、劓、宫、刖这几等，后面便是髡刑了。这种刑看上去似乎并不给受者造成痛苦，何以要列为刑之一种，而且不算是最轻的？这样说是因为，此刑之下还有一种“仅去须鬓”的“耐”刑。这里有一件古事，人所熟知。西汉出了个孝女叫淳于缇萦，上书救父，感动了汉文帝，下诏要大臣议新律，除肉刑。当时，张苍的主张是：凡原来应处以髡刑者，可改为“完”刑。“完”即是那“耐”刑，仅去鬓与须，而完其发，所以谓之“完”。于此可证髡刑不算是最轻的。

髡刑的分量，还有一条旁证。司马迁写给任安的那封信中，认为髡虽比伤残肢体来得轻，却比“笞”要重。文中从轻到重，排的档次是：“……其次关木索，被箠楚受辱，其次剔毛发，婴金铁受辱。”

江绍原分析道，刑之为用，无非是一使罪人肉体痛苦，二使其精神痛苦。他设想：“原始时代的刑罚以残酷的肉刑居多，而髡耐之刑的出现必在社会稍有进步之后，创始者的用意是将肉体的痛苦减至最低限度，而以精神痛苦代之。但要知道，精神的痛苦有时竟较肉体的更难熬。”

以上这些，就是使我恍然而又悚然的“旧学新知”。十年大乱中有种人所共知的时髦惩罚，“剃阴阳头”，或剃光头。此刑之普及，有大量回忆文字为证，不烦征引，不佞虽幸免于身受，但又不幸而亲见几位友人惨遭此厄。有的女性是被剃了光头的，连“完其发”也不可得了。那种非人间世的情景，读此书又恍然如在目前。更使我恍然顿悟的是它并非新创，而是来头极古的国粹。也正因此，虽事隔三十年，却似大白天见鬼的为之悚然了。

精神痛苦作用的推测，从前读了当然无动于衷，大劫中的体验却证明其千真万确。当日在“学习班”中天天看到被奉旨实行了“群众专政”而受此刑者，不但体会到其痛苦，感同身受，更折磨人的还有那不知何时会落到自己头上的“达摩克里斯之剑”，这种精神威胁、神经攻势使待罪之人时时如在梦魇之中。

再往下研究，江绍原发现，髡刑还有更深层的也是更原始更可怖的奥妙。它其实不止是精神上的虐政。在我们可敬的老祖宗心目中，须发乃人之精华，几乎同血与精这一红一白两种汁液占了同等重要的地位。髡刑的主要的真正目的，在于伤人之魂，等于换个法子取其命；同用别种办法使其流尽鼻血、精液而亡几乎差不多。

温几千年前之故，而知几千年后之新，真乃令人惊喜、惊痛交加的意外收获！不仅此也，它还为我琢磨的“读史求真诀”新增了一个极有份量的例证。那就是“以后史证前史”之法。寡人有疾，好读史，然又疑古甚于信古。史中所载，我都以《理水》中鸟头先生的眼光视之。不过，每当我从较后的历史记载中发现古已有之的事，便对那原来有疑的古事深信其必有了。而且，史事愈近，我觉其对古事的反证也愈有力。例如，从希特勒之焚书，可信始皇之焚书，虽然两人不完全相似。我的逻辑也许嫌幼稚：理当更文明一些的后人居然也忍心害理干得出的，古人干过，不必再疑其为虚妄了。从亲见亲闻的当代髡刑，我不但毫不怀疑古有此刑，并对其中施与受双方的心理（自觉与否且置不论）似乎也有了较深切的感受。

查一九二七年此书初版的序中，作者恳切希望读者将有关见闻寄给他，以便增广内容。又查这位同周氏兄弟都是知交的学人，幸存到了一九八三年才归道山。推想起来，他对当代髡刑不可能一无所知与想法的吧？一九八七年底影印出版的本书中，竟对此点无所增补，岂不是太可惜了么！

我又想，“髡耐之刑的出现必在社会稍有进步之后”这一推论，他大概也会觉得是多余的吧？

藤花馆中一过客

“文革”余震不息的一九七六年夏秋之交，我虽得庆更生却又无家可归，孑然一身暂寄友人家中。他也是临时借了本地图书馆的三间败屋住着。我就挤进去做了一名“三房客”。小屋紧靠着馆中一幢小楼，原是张季直家里人昔年起居之处。这座虽已古旧而秀雅可赏的精舍，颇能助我想象民初年代的光景。我正好在这往昔的气氛中翻阅、摘抄一部馆藏的手稿，季自求日记，从中感受着那时的北京，那时的鲁迅。虽然也像鲁迅日记一样的简略，毕竟是能够唤起实感、联想的。

是听了章品镇君的指点才去寻访这份资料的。捧着这十九册用毛笔抄的稿本，喜不自胜。从一九一一年三月十八日到一九三九年二月十八日这二十八年中，所记有不少是令人感兴趣的事。如“见袁世凯”、“陪黄兴游三海”、“赴冯国璋之宴”、“唐绍仪到宁”、“老袁贿选”、“北伐军入宁”；还有什么“观我国新造飞机”、“隆裕之死”和“珍妃移葬”之类。历史镜头有大有小，却是可贵的亲见亲闻。他还记下了四访张季直的情形。张孝若遭害毕命，当时寓居同一地的作者也在日记中记而评说之。当做一部掌故笔记看看是有价值有意思的，只可惜也像古来的此类资料，往往缺少细节，骨多肉少。

不过这些史料只是披阅这部日记所得的副产品，我一心追踪的是他同鲁迅的往还。当时虽已开始体验到“偶像之黄昏”，但鲁迅反而更其显得巍然了。对已见到的传记，不能满足，总想在心里头放映一部更具体、真实的“鲁迅传”。日记中四十四条他同鲁交往的记录，不止是可为鲁迅日记补遗、作注，同时也由于作者是我们乡邦的人物而更感亲切了。

此公履历也有意思：进过南洋水师学堂、江南将备学堂，毕业以后当了教官。光复之后在北京政府干参谋工作。一九一五年的“入蜀日记”中记了他随参谋次长陈宧入川经过（近代史研究所《近代史资料》一九六三年第四辑中收此资料）。

周作人同他在水师学堂有同学之谊，所以这四十四条中第一条（一九一二年九月二十九日）是“得起孟书云，豫才君处已于家书中介绍……”。

十月四日的日记可说是一张他眼中的鲁迅小像：“访周豫才君于山会邑馆，遇之。其人静穆，与起孟如一人。斗室中一榻一案一椅。书架上列古书数种，有足自乐者。”

两天之后，“豫才君来访”了。从此季自求成了藤花馆中常客。这倒不奇怪，因为他确是怀着敬慕之忱去的：“……豫才终日伏案探讨经史，其造诣未可限量，自顾感愧之至。”可注意的是鲁迅回访，前后有十次之多。钱稻孙回忆过：那时候“鲁迅没事不出来找人，都是人家去找他”（钱氏于一九六一年五月与“鲁迅博物馆”人员谈话）其时鲁迅日记上经常出现的人名也不过是许寿裳、许季上、许铭伯、齐寿山和钱氏这屈指可数的几个。这鲁、季之间的四十多次互访之外还有招饮广和居、同游琉璃厂等事。相识未几，鲁便赠以《域外小说集》，后来又赠《炭画》、《百喻经》等。季氏那面回赠的《隋龙山公墓志》、《大秦景教流行中国碑》，自然也投正在广搜金石拓本的鲁迅之所好了。至于鲁迅向他借看《南通方言疏证》，且在某次访季自求于南通州会馆之时“持麻糕一包而归”，则更令与季氏同乡的我为之大乐，有一种特别亲切的滋味了。然而在这一条下似须加一点不算多余的小注：麻糕是一种崇川特产的茶食。不过如今虽然装进了华美的盒子，可作礼品，而风味已非复当年，不堪鲁迅翁一尝了。

从以上这种种可以想见，在那气闷的年代，除夜以独坐抄碑卒岁的鲁迅，对这位小京官是并不当俗客看的。对照一下看：鲁迅日记中或记某几人来访“未见”，某人馈食物“却之”，甚且有某人“送食物三事，令仆送还之”……更滑稽的，有个教育部办事员来，“对坐良久，甚苦”！

原来并不相识而“欢若平生”的朋友，在鲁迅前期的交往中似乎少有其例。

对照两人日记，常常是季所记较详，正可补鲁记之略了。例如一九一四年一月二十五日这一条，鲁迅只有寥寥几句，而季所记却保留下一段文物鉴别的谈话：“午前十时许往访周豫才，过一地摊，见画一轴，写释迦像甚奇，异于常画……其制古拙……疑是明人手笔……及见豫才，因具道之。豫才言此当是喇嘛庙中物，断非明代之物，盖明以前佛像无作青面狰狞状者。余深叹服，遂不作购置之想。”

季自求还携友同来。这人是刘历青，也是知堂的“水师”同学。而一见之下也是“倾谈恨相见晚也”。此君善画。于是“豫才又强历青作画一幅”。这回倒是鲁记得详细些了：“历青为作山水一幅，是蜀中山，缭以烟云，历二时许始成，题云：十年不见起孟，作画一张寄之。”

这“强令”又不禁叫人想到鲁迅日记中“捕”陈师曾写对联的那个“捕”字，以及后来“刘历青来，捉令作画”的那个“捉”字，真是有性格，也有味道的！

此详彼略互为补充的还可举一事。某日日记中，鲁迅只说“访季自求，以《文史通义》赠之”。在季自求的日记上是“……余不学，闻见囿陋，章氏书未之前见……向者偶与豫才君道及，豫才许为觅购，今特践诺也”。

二人缔交是知堂的介绍，一见如故之中也看出了鲁迅对他老弟的感情吧？但直到知堂从家乡来京后，季自求才又提到：“访豫才、起孟。前日路遇豫才，知起孟来京。不见已十余年，相见甚慰。起孟举止一如往昔而神气渐有老意，畅谈至十一时许乃别。”

也有些事情季未记而在鲁迅日记中有，约有九条，记了季赠鼯鼠蒲桃镜与鲁赠《会稽郡故书杂集》等等。

交往的记录，在季自求日记上是到一九一七年十一月十一日为止。但从鲁迅所记来看，季最后一次出现是一九一八年十一月二十三日的来访。

我们知道，从一九一七年起，“从前那么隐默”（知堂语）的鲁迅，由于老朋友金心异（指钱玄同，鲁迅语）的“劝驾”，用《狂人日记》放了“攻击吃人的礼教的第一炮”，从此“一发而不可收”地写起了文章。

一九二五年他在《看镜有感》中说的那面满刻蒲桃、跳跃的鼯鼠号称“海马蒲桃镜”而实是鼯鼠蒲桃镜，据《全集》编者注云，即一九一五年三月一日日记中的那面铜镜，季自求从地摊上买来送他的。但鲁文中说：“大概是民国初年初到北京时候买在那里的，‘情随事迁’，全然忘却，宛如见了隔世的东西了！”

鲁迅最后的九年都在上海。当年藤花馆、补树书屋中的来客在哪里？他在南福里中做他的海上寓公，隔壁弄堂就是郭沫若等人住过的那个民厚里。不过他早已离开军界，且于一九二二年去了南方。曾做过江西督军蔡成勋的高参，国民党政府的盐务、缉私官吏，然后又入了金融界。从原先写得认真后来变得潦草的日记上看其在上海的生活，经常是到他经营的一爿古玩店里去查看生意如何。钱新之这个亦官亦商的闻人的名字也频频出现于日记中。后来他做了邮政储金汇业局的秘书，也就是钱新之介绍去的。

同居上海，双方日记上再不见彼此的名字。但一九三六年十月十九日那天的季自求日记，我在读时和抄录时杂感交集，真觉得“人事之迁变，不亦异哉”（鲁迅一九一二年十月六日日记中语）了！

“故人周豫才于新文学负大名，世所称鲁迅者也。廿年前在旧都过从极密，后遂疏阔。以患肺病，本日殁于施高塔路寓次，年才五十有六。可惜，可惜！”

过了八年，从海外回到上海的季自求也死去了。此公晚年所取的别号“俟翁”，很容易叫人想到鲁迅在北京的时期那个有含意的笔名“俟堂”。只不知季自求是不是回想到了当年藤花馆中的旧友，也不知道他晚年心里头所俟者为何了。

细节传真

——读史笔记

“细节”在绘画中可以起传神的微妙作用。顾恺之作人物画，“颊上添三毫”，“神明殊胜”，大概可以算得一个最好的例子。

读史，尤其读人物传记，我也对史中“细节”的魅力大感兴趣。于是专门立了一个笔记本子，读史见到精彩的“细节”，便如获至宝录而存之，现在从本子上选抄几则，供有读史癖的朋友们共赏。

《东坡志林》中有一则关于汉高祖刘邦的轶事。说他微贱时常常带着宾客到大嫂家去吃饭。“嫂厌叔与客来，阳为羹尽轑釜。客以故去。已而视其釜中有羹，由是怨嫂。”后来他成了大事，封了一大批王侯将相，可他大哥的儿子连个侯也没捞到，太上皇讲了话，才勉强封了个羹颉侯。

这段文字中，要紧部分寥寥二十八字，却可编一出绝好的舞台小品。人情世事，活现其中。读过《史记·高祖本纪》的，会联想到另一件事。少时无赖的这个刘老三，怨他老子偏心，总嫌他不如老二行，能发财。贵为天子之后，借着大宴群臣为太公奉酒的机会，要太公说清楚：“孰与仲多（如今到底哪个挣得多）？”群臣知趣，山呼万岁，才帮太公下了台。

初见此文，最真最活，叫人心头为之一震的却是“轑釜”那个“细节”。用今语翻译，便是刮锅底。

刘大嫂这一手并不足奇，后人今人也做得出。我欣赏的是那位选取此一“细节”者的高明手眼。

读史感到莫大遗憾的是，它是“无声电影”。不但描述声音都只能靠文字符号，就连描述声音的文字似乎也很有限。历史书基本上是诉之于视觉思维的。

因此我读史特别留心捕捉史中之声。历史“细节”中，“史声”是尤其珍贵的。

清朝人《青琱集》中有一处记顺治崩后，所焚诸宝器，火焰俱五色，有声如爆豆。人言，每焚一珠，即有一声，盖不知数万声矣！

此一“细节”令我悚然如闻其声。同时也唤醒了许多史景，并且化为“有声片”了。史中那几场出名的大火，如咸阳一炬之类，必然同样是“有声有色”的，而且那声音是惊天动地的吧？祖龙焚书，也应该有声。当时之书，不是竹简便是木简。干柴烈火，拉杂摧烧，也会有声如“爆豆”，而且劈咧啪啦的噪声决不会小。但把联想的“麦克风”拉到现代史，“文革”“破四旧”中焚书的“魔火场”，大概就没有那么热闹了。

上述的“史中声”是噪声。史中谐音是它本来有的史中乐。因本人迷于乐，对此更加注意搜罗。但那已超出了“细节”的范围，这里只抄一则比较细小的例子。

《文心雕龙·声律》篇中写着：“古之佩玉，左宫右徵，以节其步，声不失序。”这大概是根据《礼记》的。后一书中有：“古之君子必佩玉，右徵角，左宫角。”

心中有此“细节”，有些史景便有了“配乐”，响出了一片谐和悦耳的乐声。“左宫右徵”，用今天的音律来翻，便是左边的佩玉发出“1”的音，右边的是“5”音，双音之间的音程为纯五度。它们相继而鸣，虽不成旋律，也悦耳动听；如同时发音，更有十分和谐的效果。

借助“左宫右徵”，我仿佛听出了某些史景中的配乐。

《史记·孔子世家》中有“子见南子”一节：“夫人在絺帷中。孔子入门，北面稽首。夫人自帷中再拜，环佩玉声璆然。”

“璆然”是“环佩相击声”，原先我只将其想像为一阵叮叮当当的杂声。现在“听”清了，那是宫、徵、角、羽协调而成的好听的音乐。何其美也！

“环佩空归月夜魂”，是老杜咏那位据说是为民族和解献身的王昭君的名句。现在，它有了音声，新的音声。“左宫右徵”的和声把“月夜魂”配上了乐，可是，又何其凄凉也！

同音声一样，可以长留于人生记忆之中，虽淡而不澌灭，同时又能帮助你勾起有关的回忆的，是气味。二者有同样微妙的心理效应，也许气味更为恍兮惚兮。

有关气味的史中“细节”，我的笔记上也采集了一些。

地质学家贾兰坡忆丁文江一文中，谈到丁在君嗜雪茄。那时候，在北平地质研究所他的办公处，“楼道里只要闻到了雪茄的气味，即可知其到来”。

韩素音自传中记她在二战时伦敦工作的情况。“我把法国香水的香味带到解剖室，又把防腐剂的气味带到宴会上。”

这两个“细节”虽不能唤起我同样的感触，然而借助于自身的类似的经验，便觉得那人物顿时添了生气，而情景也有了气氛。

再举它一例，一个有滑稽感的“细节”。此例见于一部《斯迪威传》。“威尔基每次同蒋介石会晤之后，蒋立命大开窗户，以放掉他身上的骚气。”

如收入“新世说”，似可题：《开牖放洋臭》。

另有两例，也都可收入“新世说”。

一则是康熙的事情。来华传教的意大利教士德礼格和马国贤写了一封信给罗马教宗：“……西洋人受大皇帝之恩深重，无以图报，今特求教化王选极有学问之几人来中国，以效犬马，稍报万一为妙。”

今天还可看到此信原本，信中的“犬马”被康熙亲笔改成了“力”字。

从这一字之改，我感觉到了玄烨这个皇帝的细心，而且并不妄自尊大。

至今还有一大批人崇仰得不得了的曾国藩，他那治家之严是没话说的。他为女儿、媳妇都规定了每日功课：

早饭后：做小菜、点心、酒、酱。

巳午刻：纺纱或织麻。

中饭后：做针黹之类。

酉刻（过三更后）：做男鞋女鞋或缝衣。

……吾亲自验功。食事则每日验一次。每月须做成男鞋一双。女鞋不验。（《曾宝荪回忆录》）

真是传真也传神的史料！初次读到“女鞋不验”这地方，为之一怔。虽然对“文正公”有不少我自己的臆想，可是绝没想到他会如此细心地加上这一笔。妙不可言，这正是“颊上添三毫”！

常常感到，一个人回顾一生，有些大事成了雾里看花，许多细节反而鲜活如昨。读史，“细节”常使人靠拢、逼近乃至不觉便进入了史境。人物、场景都被特写灯照亮了。

张宗子为《史阙》所作序中说：“得一语焉则全传为之生动，得一事焉则全史为之活现……传神正在阿堵耳。”可惜他那部因为正史不完备，于是“为之上下古今搜集异书，期于正史之外拾遗补缺”的书，我们看不到！

编得枯燥干巴的史，所阙的往往就是重要的具体“细节”。欧阳修《与杜诉书》中说什么“修文字简短，止记大节，期能久远”，“然能有意于传久，则须纪大而略小”。对这样的史，我不感兴趣。

但我不但不感兴趣而且感到作呕的，是时下流行的“野史”中一望而知其为伪的“细节”。编造者至少是太懒得用气力，其实，“细节”虽易造假，而最难乱真。若想以编造或抄陈词滥调的“细节”来冒充信史是徒劳的。

欧阳修主张“抓大放小”。“细节”虽小，我却发现，它有时竟是通联着大事，而且同天下兴亡、亿万苍生命运攸关的。

危言耸听吗？请看我本子上抄的这一条：

中共“七大”前夕，刘少奇在六届七中全会上对于党章报告起草情况作了说明。关于党章上“党员有在一定的会议上批评党的任何工作人员的权利”这一条，“少奇同志说他动摇了几回，‘任何’两字写了又圈掉，圈了又写上，但仍倾向于给党员这个权利。这样会出一些乱子，但没有这一条，乱子会更多。”（见《胡乔木回忆毛泽东》第三七二页）

“任何”二字写了圈，圈了又写，这个“细节”，使浩劫幸存者的区区受到了一次电击般的震动。这真正是一个有万钧之重的历史“细节”，回忆录中留下这“细节”，太令人感谢了！

重读《卡沙诺伐》

——兼忆盗版西书

一本五十年前读过，几十年来时常想起的书，忽然又捧在手中，那滋味是很不寻常的。翻开这本借来的《卡沙诺伐回忆录》(*The Memoirs of Jacques Casanova*) 的时候，却又一下子带出了一大堆当年出入旧书店的回忆，新鲜得好像又嗅到了旧书所特有的那种虽不香却叫书迷的鼻子有亲切感的气味。

友人珍藏的此书是一本老派头的洋书，还是一九二七年出版的。印刷、装帧、装订都叫人展读时觉得愉悦舒畅。而半个世纪之前我自己买读的那本，却不好同它比，那是当年黄浦滩上忽然涌出来的一种廉价盗印版。不过，自己在当时和后来，都对这种"盗亦有道"的书心怀感激之情。

那时节的"孤岛"上，卖旧书的店、摊到处有，西书极多。但要想淘到一部你极想一读的文学名著，倒也可遇而不可求。

不知道是不是受了上海龙门书局影印西文原版教科书大

受欢迎的启发，市面上出现了一大批影印的西文文艺书。据说那是用的一种化学制版法，和一般的照相影印大不相同。把一册原版书拆散了，用药水浸泡之后，涂上一层转写油墨。将这样泡制过的书页压印在石印用的石板上，便成了可以印刷的一块版子。当年有的人把这办法传成了“只消有两本原版书，药水涂上去，便成了一套版子”，听起来真觉得希奇！

因成本不大，价钱也就相当便宜。对于渴想看原著，而又怯于上什么“别发”、“伊文思”等洋书店，怕像从前郭沫若那样受“西崽”的白眼的书生来说，这种货色正合适。

大概是技术未精或是偷工减料的原故，这类老一代的盗版书自然比不上现今的影印书那么清晰。眼睛凑近了看，毛兮兮的字迹便露出了原形。但书的外观并不恶。半硬半软的书皮，还加上了设计雅致的护封。书脊上的书名是烫银的。排在书架上，一眼看去，喝！《傲慢与偏见》、《简爱》、《三个火枪手》、《基度山恩仇记》……都是皇皇名著，那诱惑力之大，可想而知。

其中有些书，现今的书店里和广告书目上已经多年看不见了。《卡沙诺伐》即是其中之一。这也是引得自己更想再读此书的一个原因。

除了《卡沙诺伐》，还买了本《本文奴托·切里尼自传》。这除了对文艺复兴与美术感兴趣，还另有个原故。当时正听了柏辽兹的《罗马狂欢节序曲》，有感受，便想从那本自传中求得些印证。柏辽兹这篇音乐，正是他写的歌剧《本文奴托·切里尼》中的幕间曲。

此外又大为惊喜地买下了理查·白登英译的《一千零一夜》。这是因为读了知堂翁的文章而不胜其向往的好书。可惜的是，白登的未删全译本据说共十卷，影印本只取其中之二。(假如是全套，怕也就少有人能买了。)

影印书倒也不是只选已成经典的作品。像《随风而去》这样的新作，当时头轮影院中正大放其《乱世佳人》，而傅东华译的《飘》也成了好销的书。那么你不必花太多的钞票，也可以挟一部两三寸厚（因为是用报纸印的）的影印本回去，品尝一番米切尔的原汤风味了。不过我既没去看电影，也未买原著。我兴奋地捧了回去的是差不多同样厚的一部《战争与和平》，迦纳特夫人的英译。买到这部书，我对影印书出版家是更为感谢了。像托翁的这本书，急切之间是难以在旧书摊上找到的。

还买了本新书叫《失去的地平线》。作者是英国的希尔顿。根据它拍的电影，华名《桃源艳迹》。此书格调不高，大不如他的另一本《再见了，契普斯先生》有味。那篇小说也拍了电影，中文片名不伦不类：《万世师表》!

前一书中有趣的是写香格里拉有个容颜不老的女子，能据记忆弹奏她听到肖邦弹过的曲子，是《肖邦全集》中没有的作品。这自然是小说家言了。香格里拉这词儿，恐怕是他造的，其时大为风行。当多列特航空队利用中国机场奇袭东京之后，罗斯福答记者问时，笑云：那是从香格里拉起飞的！（也可能指后来改名“戴维营”的那个地方。）

影印版的西书好像也不限于文学书籍。蔼理斯的名著，也曾在书店里见到。还有由于想买又买不起，深深遗憾而至今不能忘的，是一些印得精工的博物性读物，例如《少年图解小百科》那种书。一翻便怦然心动，放不下来，但又不敢多翻。并非害怕老板发话，倒是怕自己会其心大动，不顾一切，倾囊而购之。

《卡沙诺伐回忆录》这部西方登徒子的自述，少年时最感兴趣的是其中那一章《逃出铅皮屋》，觉得比《基度山恩仇记》中越狱的故事真切可信，也更有味。那是一七五五年间的事。此公因为以魔法自炫，触犯了宗教裁判所，成了威尼斯“公爷府”监牢里的囚徒。他施展了种种妙计，不久竟能破墙而出，登上了有铅皮覆盖的大屋顶。在短促的一夜间，历经重重艰险，而终于远走高飞，还其自由。情节惊险得出人意表，然而简洁朴素的叙事，有一种动力，让你像听古典风格的音乐那样，被吸引着向前，不由得不相信他。（莫扎特传记里有他们交往的事，那时此公已落魄为波希米亚贵族华尔斯坦伯爵的图书室管理人了！)

读到最惊险处，不管是从前和此回重温，自己都禁不住为古人担忧，捏着一把汗。何况那背景是既真实而又浪漫：月夜的“公爷府”，美术史上必提的建筑，也是今日游人必看的胜景；下临有刚朵拉小艇来来去去的大运河；他身后拖着个怕得要死的越狱同谋犯，匍匐蛇行于陡峭而且被雾气弄得滑溜的铅皮屋顶上，一失足要成千古恨的；好容易才下到府邸中，门户重重，无路可出。虽精疲力竭，并不灰心丧气，在难友的牢骚诅咒声中，难为他竟倒头一觉睡了几个钟头！喜剧的结束是，他俩打扮得奇形怪状，乘着天亮后大门打开之机，昂然直出，然后拔步飞逃而去……

这一段奇事在当时便成了欧洲的一大新闻，后来教皇接见他时还要他亲口讲了一遍。

此书之出名是否主要因为它是一个活唐璜的现身说法？如果谁只抱着那种好奇心来读它，怕是多少会扫兴的吧。书中虽然有一篇接一篇的罗曼斯，并无什么涉及肉的描写，而且也没多少灵的腻语。(有那么一处，说不定是有些同胞会感兴趣的。他有个时候受到一个女骗子的挑逗。正苦恼间，来了个恶棍，运来一张安乐椅，奇货可居地向他推销。原来是我们聪明的前人早已发明了的东西，唐人传奇中隋炀帝用过的“御女车”之类。)

这种英译的一卷本，比之于原作的十二卷或另一种六卷的译本，应是浓缩了的“菁华录”、“拔萃曲”，却也如此“平淡”，那么是否译者是卫道士，把它改造成了“洁本”？

但我宁愿相信，它之所以成为“克腊昔克”(经典)，恐怕还是因为其中有人，其中有史。

卡沙诺伐是把异性当成一种书来读的。而为此他又周游名城大都，行了恐不止万里路。他又是有多重身份的人：贵族、外交官、彩票经营家、博徒、魔法师等等。所到之处，王公大人、名流学士，无不乐与之游，比中国旧时的清客、山人神气得多。卢梭、伏尔泰、路易十五、蓬巴杜夫人，号称开明君主的腓德烈大王和风流女帝叶卡特林娜等人，他都有接触，这便为后人留下了许多可以助史感的绝好资料。

从前是那一章“狱中记”最吸引我，此回再读，更觉津津有味的是他同史中人物的对话了。可惜这种一卷本中只有关于腓德烈、叶卡特林娜与伏尔泰的三篇，最有意思的要算最后那一篇。我想，凡喜欢读莫洛亚的《伏尔泰传》的，不可不一读此篇。这一个浪子同一位哲人的对谈问难，是报道得颇有现场感的。宾主（他在伏尔泰那里作客）二人一上来是纵谈诗学，谈塔索、阿里奥斯托的十四行名篇。从中似乎显示出，这位登徒子所好的绝不仅仅是色，他也是文学的爱好者。当他被幽囚于铅皮屋中时，读书不仅可以解忧，书本居然也成了他私通信息和夹带越狱工具的手段。他同伏尔泰谈诗谈得十分相投，但话题一转到反迷信与反专制，便没了共同语言。他直告伏尔泰，迷信不可反，专制也自有其存在的合理性。伏尔泰含讥带笑地问道，那么当你身为狱囚的时候，也作如是观？又何以要逃走？客人的答复是：当局有把我抓起来的道理，我也有我逃生的权利云云。

很可惜，这部其中有史的奇书，虽然是庞然巨著十二卷，却只记到一七七四年便搁笔了。而他是直到一七九八年才去世的。

六十年前的惜别

——忆先师王蘧常先生

一九三八年春夏之交的一天，十五岁的我，走过上海赫德路一条弄堂口，无意之间抬头一看，弄口上方标着“春平坊”，不觉为之一怔：这不就是王老师的弄堂吗！要不要进去拜见已分别了四五年的先生呢？踌躇了一下，终于还是走了，这就失掉了一个见面的机会，此后也再没这种机会。

那年因家乡沦陷，举家逃难到了上海。我已失学，但每天都出去，到四马路上的大小书店去揩油白看，到申报图书馆、青年会图书馆等处去借书看，也逛旧书摊。我住在三马路，离赫德路非常远，该处附近也并无书店或图书馆，那天何以会经过那里，已记不得了。

我们家原先是在上海住过几年的。一九三一年，经过熟人介绍，请了王先生来家教我哥哥和我念书。每日上半天课，课程是：一、念《论语》、《孟子》；二、对对子；三、作文（文言文）；四、习字。

先生教我们读《论语》、《孟子》，讲解不多，主要是要会读能背，对对子显然也是为训练作文。对对子的作业本子是从烟纸店（即小杂货店）里买来的“拍纸簿”(白报纸订成小本子)，先生在本子上出题，学生下课后完成，次日交卷。多数是四个字的成语，对得合乎要求的，他用朱笔加圈。对得太不像样，他会给“红勒帛”(画红杠子)。有一回他出了一条“七子八婿”，那是唐人郭子仪的出典，我哥哥对上“三姑六婆”。先生称赞，好像是画了三个圈。其实是我们从《词源》(老商务版）上乱查，碰巧发现的。这是个逼出来的办法，我们读的古书太少，凭空想不出。此法我们常用。但此后再没得过三圈。后来向先生透露了真情，先生为之莞尔，并不生气。为了启发我们提高兴趣，先生讲过朱洪武叫永乐帝和建文帝对对子的故事。朱元璋出的“风吹马尾千条线”，他儿子对了“日照龙鳞万点金”，孙子对了个“雨打羊毛一团糟”。

写大楷这一课也是课外作业，第二天交卷。与众不同之处是他并不指定什么碑帖，而是亲自写一张字叫我们临写，每周一换。写的正是他那后来出了名的北碑带章草味的字体。可惜我们没有预见，没把它们保存下来，不然的话，今天可能也成为珍贵的手迹吧。听他自己说过，他收了个比我们稍大的少年门生，那位少年苦苦要求跟他学习，他便答应了。但那学生练的却是颜体字。可见他并不强求学生学自己的字。

作文写些什么，几乎全不记得了。但有两篇却还有些印象。一次是先生出了个记游公园的文题。可能因曾在《申报》、《新闻报》上看到过有些文章里写游人在公园里行为不轨有伤风化吧，我在作文时莫名其妙地乱扯了几句，文中用了“桑间濮上”的成语，还自鸣得意。没想到平素未见疾言厉色的先生一看作业，便把脸涨红了，连说了好几声：“怎么可以这样！……”虽然没大发雷霆，我已感到自己犯了错误。

先生当年才三十出头，对我们总是和颜悦色，令人感到既庄重而又不难接近，有时还有亲切之感。每次正课已完，还不到放学时间，常常同我们闲话一番，那正是我们最爱听的，因为闲话中常常有促进求知欲的内容，虽然有些是当时的我不懂的事情。

有件事是永难忘怀的。可能是读到经书中的“君子行不由径”吧，他讲了清朝人是假正经出了丑的故事。此人以行不由径自许，某日行路，四顾无人，跳到一条小路上抄近道，谁知背后跑出个人来拍手大笑，挖苦了他一通。先生讲，《儒林外史》的权勿用就是影射此人。

我们家不许小孩看闲书，连小人书也不准去租来看，所以家里没有几本小说书。下课后，我们便借此机会向父亲要求买《儒林外史》。既然是先生也看也讲的书，父亲非常重视，便叫人上四马路上扫叶山房之类老式书店里去买回来一大堆连史纸石印线装的旧小说。《儒林外史》不消说，《三国》、《水浒》、《红楼梦》、《说岳》、《说唐》、《东周列国》、《杨家将》都买来了，外加三四流的什么《孟丽君》、《粉妆楼》等等。我们之所以能较早地杂览古典白话小说，多亏先生讲了这个故事，虽然他本意并不在此。

还有件事回想起来如在目前，难以忘怀的是，先生不但赐给我们这两个无知小儿一部他同朋友合著的《江南二仲诗》(他的那部分叫《明两庐诗》)，还兴致勃勃地翻开来，指着一首五律一首七律叫我们看，一面便曼声歌吟起来。

五律那首如今只记得一句“微痾时养饥”了。七律倒还能背：“花须柳眼画微晴，笛里相忘岁几更。万里梦魂通一息，十年湖海照双清。银波滟滟春无定，玉漏沉沉夜有情。寂寂不闻灵鹊语，冷看星月到天明。”每一忆及，浮现的不止是文字，而且有声，江南一带旧时流行的吟诗调，而且是先生那亲切的嗓音，那是他自己愉悦也令人愉悦的感情流露。当时无知的我，却有幸有所感受，储存到了今天还余韵悠然。

只可惜这种如沐春风的日子并不长久。一九三三年之春，我们要搬回故乡老家去了。先生出了最后一篇的作文题：《淞江惜别》。他要我们每人送他一张半身照片。我们为此特地到南京路王开照相馆去拍了，遵照他的意思，将作文工楷誊在照片背面。一部《孟子》也刚好教完。最后一课是说的亚圣周游列国一事无成，慨叹圣人不出，如苍生何！收场的那句“然而无有乎尔，则亦无有乎尔！”竟使我也受了莫名其妙的感染，其实我是在“最后一课”的气氛中尝到了惜别的惆怅！

附记：

当年走到赫德路春平坊弄口，何以又过门而不入呢？事过境迁，这已经说不清了。可能是有几方面的想法。自从一九三四年父亲去世，先生亲自来江北吊唁之后，我已三年未见过他，不敢冒昧叩门，此其一也。形势的大变，杂览各种报刊书籍的影响，使自己的头脑也开始在变动，尽管是幼稚而蒙昧的，但已对新知有渴求，对新的人生有熹微的憧憬，《论语》、《孟子》已丢在脑后了，见了面又能提出什么来请益呢？此其二也。

如今戏想，假如当时我又进了他主持的无锡国专，埋头于国学的话，说不定不至于庸庸碌碌，然而也就非复今日之我了。

史海寻声

一、栎　釜

《史记》有一篇《楚元王世家》，原先读《史记》，总是跳过去不看。后来无意之中翻翻，没想到其中有宝，一个惊人的细节叫我有如触电。

那是刘邦“龙兴”之前的小事一件。《高祖本纪》安不上这个情节，却放在这篇不惹人注目的文字中做了个特写镜头。太史公真正了不起，舍不得浪费一星半点他采访来的好材料！

刘邦弟兄四个，老大叫刘伯，早死。年轻时候，刘邦常常带朋友们上大哥家去吃喝。终于有一天碰了软钉子。大家正等着，忽听得他嫂子在灶上用铲刀把锅子敲刮得一片怪响。众客知趣，散了。后来刘老三发现，锅里其实还有吃的！

逐鹿到手，当了皇帝。阿哥阿弟都封了王，已故的老大的儿子独独靠边。刘太公讲了话，他才勉强赏了侄儿一个侯爵。

《史记》原文百十来个字，再压缩如下：高祖微时，时时与宾客过臣（长）嫂食，嫂厌叔，佯为羹尽，栎釜。宾客以故去。已而视釜中尚有羹。高祖为帝，封昆弟。伯子独不得封，太上皇以为言，乃封其子信为羹颉侯。（颉读 jiá，克扣的意思。）

令我有如触电的就是那“栎釜”（刮锅，栎，《汉书》作轢）之声。这刺耳酸牙的噪声，两千多年前叫刘邦记恨在心，后来勉强封侯，还在名称上出嫂子的丑。两千多年之后，仍令读史者感同身受，刹那之间进入史境，沟通了古今的人情人性！

于此更有所悟：读史而抓不住史感，你就只能看看西洋镜，做个旁观者。比起视觉形象来，听官所接收传递的信息往往更能激活联想引发共振。从此我读史更加处处留神，寻觅、捕捉史中之声。史声广泛而复杂，并不只是乐声。

录音技术发明之前的史声基本上都烟消云散了，靠了有心人用文字记录，才间接地保存下点点滴滴，但在追踪史中声的时候，我总觉许多重大史景几乎都是无声电影，难道写正史野史的人们听觉都失灵了不成？然而“谈有易，谈无难”，读书恨少，何敢断言，我只有张开珊瑚网，埋头向史海去捞声而已。

二、金铃与玉铃

《西京杂记》中记着，汉成帝后赵飞燕的妹妹合德住在昭阳殿中，那座宫殿上饰有九条金龙，每一条都衔着九子金铃。

孙机先生有《三子钗与九子铃》一文谈到九子铃，形容说：微风吹来，响起一殿铃声。

我从中享受到了微妙的史感。

李商隐咏史的《齐宫词》里写了另一种铃声，那史境史感却又别是一种滋味："永寿兵来夜不扃，金莲无复印中庭。梁台歌管三更罢，犹自风摇九子铃。"

诗中所用典故乃是南齐的东昏侯取下了庄严寺里玉琢的九子铃，为他所宠幸的潘妃装潢永寿殿。

永寿殿上的九子玉铃，音响当然不同于昭阳殿的九子金铃。这样一来，又为两种历史伴乐涂上了不同的色彩，爱好听音乐的读史者可以从中玩味管弦乐配器的效果了。前一史景的华美配以金铃（且有八十一颗）的灿烂是合适的；后一史景之凄凉也只好让微弱暗淡的玉铃来点缀吧。

莱斯庇基的《罗马泉》、《罗马松》是绝妙的怀古音诗，曲中大用钢片琴、钟琴、钟管琴、三角铁之类美声敲击乐器，效果极斑斓绚丽之致，却又有助于营造感慨苍凉的怀古之情。不过，假如把那些乐器搬来摹写我们的史声，可就用不上，要另想办法了。

《西京杂记》并非汉人之作，《齐宫词》也只是李商隐对几百年前史景的想像。然而诗与文中的声音是作者的心声则是没有疑问的史中之真。

三、豺声未露

秦始皇是什么形象？有个帮他出主意收买权臣瓦解六国的人叫尉缭，对他观察得很透，有这样的介绍：蜂准、长目、鸷鸟膺、豺声，少恩而虎狼心。很难看的一幅速写，但刻画之忠实是可信的。丑恶的外形有助于我们想见其虎狼之心。

我最感兴趣的是那个“豺声”。却又如何印证？没见过这种走兽。我有张CD，录的是各种禽兽之声，其中没有它。

查查《词源》，才知道有此声的不止一个秦始皇。《左传》上记着，楚王想把商臣立为太子，大臣不赞成，理由中有一条便是商臣蜂目而豺声。东晋有个野心家王敦，赴豪门宴会，明知那主人的规矩是客如不饮，劝酒的侍女就被斩首，他硬是拒饮。神色不变。忍心害理一至于此！也有人评论他“蜂目已露，豺声未振”，这却又将蜂目、豺声用做狼子野心的比喻了。

古人对看相是很相信的。人声大概也是相法中要注意的吧？凭外形来定人的善恶忠奸，古已有之，这种心理一直流传到现代。蒋介石要用一个人的时候，总是要召来当面验看一下才放心。康生在“文革”中要迫害谁，竟有这样的理由：此人我一看就知道是个坏人。

一九五三年听到斯大林死了，自己当时曾有天塌下来似的震动。值得一说的是，我之所以深深害了迷神病，除了无须多解释的那些主客观情况以外，音乐也起了作用，对于乐迷的我，也许还是不小的作用吧！颂神曲多得很。有三篇《斯大林颂》，词是同样的，而曲分别由普罗科非耶夫、亚历山大洛夫等三人作谱。我都爱唱。普氏那首，起初嫌其拗口，唱多了，被他那展开音乐逻辑的力量所迷，非常来劲，对歌词中“飞翔在高高山上的雄鹰”之神圣的信仰也深入骨髓了。

前世纪五十年代，在外文书店中买到了斯大林讲话的录音唱片。当时还不懂得要收集什么史中之声，纯粹出于崇拜，惊喜地当宝贝买回，虔诚地恭听。他的讲话，在《保卫察列津》、《难忘的一九一九》等苏联影片中早已听过多遍，但那是译配的，现在要听到真腔真调的圣谕真迹了！

前已读过伟人的传略，书中颂词的警语说，他思想如水晶之透明，语言逻辑“所向披靡，势如破竹”云云。我原以为会听到一个雄辩家的声音，不是的，唱片中传出的同电影配音所模拟的差不多，而且更加平淡，更少抑扬顿挫。

可惜得很，这张七十八转速的粗纹老式唱片没有保存下来，“文革”初期便同许多音乐片子一起被我自己砸为碎片了。不然的话，它不正是我要搜集的史中声吗！以曾经沧桑之后对此人的看法和感情，我可以将那声音放在某些史景中，对照而听，感受史与人的复杂性，也审视自己曾深深陷入的愚蒙！

四、狼嚎与变调

对于曾入“文革”而至今尚未患老年痴呆病者，林彪的声音一定是永远忘不掉的。因为在“九一三”之前，每逢“罪人”们被驱赶去开大会、听录音之时，也便是新一轮的折磨升级之日。

以往战争年代，在敌后开广场大会，站在土台子上做报告的人，不但要大声，还必须将声调拖长，不如此，台下没法听得清，广场上不聚音，又没有麦克风。

“首长”们一般都用此种拖腔做报告。林彪在天安门上对着麦克风讲话时仍旧不改此腔，但他运用起来又颇有个人特色，那抑扬顿挫是与众不同的。他抛出的那篇致命的“政变经”，虽然并不是大会上讲而是在小范围的场合，但在后来阅读那个材料时我仍然“听”到了他那特有的拖腔，同时似乎也感受到在场者们的惊诧、震动、愤懑——当然也有与此大不相同的反应。

当年听了令“罪人”毛骨悚然的拖腔，“文革”之后再回忆，往往会同狼嚎联想，有时又会想起杰克·伦敦小说中的描写。

三生有幸，我从一本回忆录中发现了同林彪有关的史声。虽说只是文字记录，并非原声录音，但我觉得它不但绘声而且诛心，因此非常珍贵。我将那史料摘抄如下：

这是父亲在养病时给我讲的许多故事中的一个……由于陕北红军的地方部队没有及时赶到，敌人突然占领了瓦窑堡。第二天，父亲随林彪到瓦窑堡的后山去观察地形……在接近敌人的时候，就很小心地弃马步行。但是狡猾的敌人还是远远就发现了他们的行动，噼噼啪啪一排冷枪打过来。父亲大吃一惊。这倒不是因为敌人突然打枪，而是因为他看见林随着枪声扑倒在一块大石头后面，他想，糟了，一定是负了伤。他赶快向林靠拢。还没有爬到林藏身的地方，忽又听见林在大喊，那声音又尖厉又凄凉，完全变了腔，走了调。仔细分辨，才听出林喊的是：“校长要马呀！校长要马呀！”父亲还以为林负伤走不得路才大喊要马，可是，把马牵过来目标更大，更危险。父亲拉着林往回走，几个警卫员也闻声赶来，架着林往回撤。直到林爬上马背的时候，大家才明白他一点儿伤也没有。林狠狠地抽了马一鞭子头也不回地跑走了。……父亲告诉我，这件事给他的印象极深，总觉得一个军事指挥员不应该这样临危失态，在“文革”中被监管期间……这件小小的往事难以解释地常常袭上心头，而每当他想起它的时候，他就会比较清醒，对林存有的那些幻想就会变得非常淡薄。

（摘自罗点点《非凡的年代》。文中的“校长”指“红军大学”也就是“抗日军政大学”的校长，林当时任此职。“我”是罗点点。“父亲”是罗瑞卿。）

那“慌”腔走调的一声叫喊，是否值得“历史心理学”的研究者来分析？我看，也很值得当演员的人细心揣摩。

“灵魂深处爆发革命”，“文革”中响当当的“革命”警句，创作者就是他，这是可以联想，可以玩味的。

沧桑之后又相逢

几个月前，我这个不可救药的老书虫，曾有浮生中难得的一次大惊喜。我用抖抖的手在一本新买的旧书扉页上记下：重获此书，极喜！

这本书的印刷、装帧，今天的买书人一定是看不上眼的。它是苏联外文出版局印的《日日夜夜》中译本。一九五一年第三版。

屈指一算，我盼望重读此书有三十六年了。而第一次读它则是在一九四六年，即五十七年前。

在那天地玄黄的大时代，众多中国人是用何等样的心情、激情读这部小说，不须我这个平凡的读者来吃力不讨好地多话。我只想提请“太平人”（杜撰的）想一想，中国人是在绵延十多年的苦战、恶斗的大劫难中读这部战争小说的，怎能不惊心动魄，如痴如醉？何况还有其他因素，比如“神话”？

战争的话题太大，凡人不能乱说，只谈谈自己同《日日夜夜》的小缘分。

解放战争前夕买的那本，一开始备战，背包中放不下，只得“精简”掉了。五十年代初进了城，从外文书店里又买了一本——或者说是三本，除了中译本，还有俄文本、英译本。苏联版书籍潮涌而来，便宜。刚从供给制改为拿薪金，又无家庭负担，买得起。

早在沦陷区老家时，就决心自修俄文。因为《罪与罚》、《父与子》、《战争与和平》……把我迷醉了，渴望读到更多的旧俄文学作品，而有些书尚无译本，还想从原文中亲尝原味。

这在敌伪盘踞的小城中根本无从实现。虽然偶从旧书铺子里淘到一本陈旧破烂的俄文读本，然而连最起码的字母读音也猜不出，从何读起！

解放后，借“一边倒”的东风，终于买到了好几种可用来自学俄语的好书。其中有一本《打赌》，俄汉对照，一句一句地详解，就像在此以前我已经搜集到的，葛传椝详注《再见了契普斯先生》等英语自学资料一样。这类书真是自学者的恩师，我对编著者是永远感恩不尽的。《打赌》是契诃夫的短篇小说，一加上详注，成了几百页的一本书。我如获至宝，除了上班，得空便啃。当然还要看讲文法的书。至于读音，只能靠听教学唱片解决。唱片发音含糊不清，只好存疑，反正并不求“四会”，做个哑巴读者也就心满意足了。

《打赌》是一字一句啃的。捷普洛夫的《心理学》也是如此。虽有赵壁如的译本对照，却没有“恩师”一句一句的指教了。何以找此书？因为想“一石二鸟”，获得心理学知识，而且这本教科书写得不枯燥，举例中引了大量的旧俄文学作品中的心理描写。

读到诗人马尔夏克一篇文章。他谈到老托尔斯泰的《高加索囚人》，叹赏其语言之质朴美妙，有如高加索群山里的石上流泉。这真是太诱人了！心想托翁文字最通俗，它又是写给儿童看的，肯定不难读。因此每去书店便留心。果然找到一本，苏联少儿出版社印的。靠着词典，读完了。从那短句特多的文字中，自觉已尝到了清泉之味，马尔夏克之言我信服了，但我不相信自己，很可能只是心理作用。

终于拿起了《日日夜夜》原著，以英译、中译对参。进行得似乎相当顺利。其实这种“顺利”是靠不大住的。因为，中译本看过好几遍，内容已了然在胸，失掉了求索的动力。至于西蒙诺夫的行文用笔，以我初入门槛的水平，要体会也无此能力。何况我从中译本中所得感受，绝不仅是故事情节。人物，语言，都是既真切也感人甚深的。所以已经使我很满足了。《日日夜夜》还有另两种中译本。我只读了莫斯科版的。译文没有“新文艺腔”，也不欧化，经得起反复阅读。对它，我有信任感。这信任同两位译者之一署名“昌浩”的有关。

昌浩何许人，当时我无所知。一个发愤自修外语的人，最要紧的是要有一本可靠的词典。解放初我有那么大的劲头啃俄语，买到了词典也是原因之一。那部《俄华词典》也是苏联来的，在《前言》中，出版者郑重表明了“对陈昌浩同志的感谢”。陈昌浩是这《俄华词典》的主编或顾问，记不清了。

既然《日日夜夜》是这样一位能编词典的人参加翻的（他的名字在前），我就相信译文的“信”没问题了。

这个名字的历史分量，是后来才清楚的。简单地说，红军长征中途，一、四方面军会师，危急存亡的关头，同张国焘一起掌握着红四方面军这支劲旅的，便是他。随后又发生了“西路军”失败的事件，负责指挥“西路军”的也是他。

那他怎么又上苏联去译书、编词典了？据《辞海》：“……一九三九年去苏联养病，编译《俄华词典》。一九五二年回国……”他死于一九六七年，也便是“文革”第二年。

似乎值得提它一下的是，陈昌浩编译的这部词典，我前后买过三本，内容不变，开本变小。第一本是十六开本，然后是三十二开，最后变成“文革”中时髦的“小毛选”那样的六十四开袖珍本。最小的这本我保存到今年才精简掉。

其实自从“反修”的六十年代起，我就把俄语书束之高阁了。舍不得扔的十来本（大部分是伊林的，如《十万个为什么》、《人怎样变成巨人》等等，还有两巨册《苏联电影文学剧本集》，其中有《夏伯阳》、《马克辛三部曲》，等等），“文革”中充军发配下寒窑，也塞进大木条箱里运走。“文革”后叶落归根，它们又同我和孩子回了老家。有时怀旧，从书架角落中翻出几本，摩挲一番，看它几页，几经折磨，人书俱老。当年用弯头圆珠笔写在页端的生词注解都快褪色了。我辛苦学得的俄语知识也快丢光了。

残存的书中没《日日夜夜》。“破四旧”、“大抄家”的黑旋风一刮起，我赶紧把一批书送进了废品站。

几十年来常想念的此书，今又喜相逢，何况是沧桑后的相逢！但人苦不知足，欣喜中又有大遗憾。当年买到俄文原著，忽见附录中竟有续篇。那真是个了不得的大发现！

谁不想知道沙布洛夫大尉、护士安孃、普罗琴珂师长……这些英雄好汉的下文？

大长了我啃原文的劲头的就是这前所不知的续篇。虽然没中译对照（英译本中也没有附这续篇），我不但不怕查字典、翻文法书，而且突然冒出个不自量的念头：何不把它试译出来看看？

那个肯定不像样的“译稿”早就失却，续篇的情节也追忆不起来了。聊可为同好者奉告的只有一点点：它只是个中篇，似乎是个未完篇。只写了营长和女护士的战后重逢。《日日夜夜》以安孃身负重伤，等待手术生死未卜戛然而止，留下个沉重的悬念。现在她是活下来了。不但见到了胜利，并且同也是幸存者的沙布洛夫重聚，不是沙布洛夫大尉，是沙布洛夫将军了。

详细情节，几乎全从我的心里淡出。然而绝不会忘却的是，全篇中弥漫的不是胜利重逢的欢欣，反而是莫名的凄怆，苍凉月色陪衬下，两人似乎都怕开口，怕回想，相对无言……

对话无声却有情

——读《热河日记》

公元一七八〇年，也便是乾隆四十五年，为了给清帝祝贺七十大寿，朝鲜派出了使节团。其中有位非正式成员。这位名叫朴趾源的观光客归国之后写出了一部《热河日记》。一个异邦人的中国观感，这已经叫我感兴趣了，它却又是作者用中国文言文写下的。文字的直接交流大大加深了阅读的亲切感，令人恨相见之晚。

上海书店将这部好书介绍给中国读者，在“校点说明”中说，作为一个外国人，作者是以局外人冷眼看中国。他观察到的常常是中国人注意不到的，或者是虽然也看到了却不一定敢说的。比如此书中不少处触及了异族统治下汉人士大夫的微妙心态，作者又常常放言议论满清政事的得失，等等。《热河日记》并不是那种闲散潇洒的观光游记。

有意思的是，此公并不总是个局外人。自古以来朝鲜便同中华在政治尤其文化上发生了密切关系。醉心于中华传统文化的朴趾源，尊王攘夷的情绪强烈得叫人吃惊。当他来到中国的那年代，汉族士人似乎多已满足于“做稳了奴隶”的现状，一部分人甚至甘心当奴才了。作者却念念不忘华夷之辨，“尤其眷眷于朱明”。

朴趾源在朝鲜李氏王朝时代虽是一位才识卓异之士，在朝鲜使团中却只是个随行人员。但这倒又让他得了不少自由活动的方便。此回中国之行，渡过鸭绿江，跋涉辽野，好容易到了燕京，清帝却已到热河避暑去了。使团一行掉转马头又转向塞外，见过弘历，然后回到京师，完成奉使中国的任务。总计往返奔波不止六千里。途中艰苦备尝，可也让作者饱览了北国风光，也观察了乾隆盛世的繁华，他“眼界既高，手腕甚敏，随见随录，其中可喜可惊可怪可感之事描写无遗，又随处驱使自家论理，附以批判的见解”(引自韩国人李佑成为此书所撰《弁言》)，乃汇集成这部蔚为巨观的《热河日记》。

信息的收集不仅靠亲眼目睹，还有另一条渠道，说来也极有趣。一路上朴趾源每见到知书识字的中国人，双方便以笔代舌，对起话来。这种交流，虽不及开口交谈便捷，岂非又别有一种情趣？二百年后的今天，试读此书中这一节：

(到了热河，使团被安顿在太学里，同寓的有不少中原士大夫，都是随驾来此恭贺万寿庆典的。)“同寓一馆，日夕相见，彼此皆为羁旅，互为宾主，凡六日始散。古语有之，

‘白头如新，倾盖如旧。’”(此处不怕唐突本文读者，试加一注。西汉有个文人叫邹衍，遭了冤狱，在牢里上书要求平反，其中警句，就是这“白头如新，倾盖如旧”，“倾盖”形容才认识便如同故人一般交谈起来。)

朴趾源和这些汉人一见如故，援笔问答。他先问一个姓汪的：

“吴西林颖芳无恙否？”

汪答：“吴西林先生年八十，尚康强，不废著书。”

又问：“陆筱饮飞无恙否？”

汪吃了一惊：“不识尊兄何以识吴、陆耶？”

朴答：“筱饮乾隆丙戌春赴试，在京吾邦之士有遇之于旅邸者，其诗文书画脍炙东韩。”

汪：“筱饮奇士，今年回乡，落魄江湖，痛饮大醉，狂欢（笑？）大骂。”

朴：“何所愤而骂耶？”汪不答。

读上面所引的这类对话，你会有奇妙复杂的史感。本来是已经半死不活的书面语，当时却有活口语所办不到的用处。今天看历史剧，常常感到那不伦不类的台词刺耳可厌，然而我们和《热河日记》之间有了二百年时光的间离，倒使当年情景显得真切可信了。不是离题闲扯，我很自然地想起了当年郭沫若访苏的一件事，令人失笑。苏方老院士同他对话，不用笔，而口出文言："袁同礼、顾颉刚、马衡诸君无恙乎？"

朴君的文章，不但可读可解，而且可喜。偶尔有些生涩感，又正好避免了明清士人正宗古文的平庸酸腐气。据说他本国有些人嫌他"文体卑下"，甚至斥之为"败坏文风"的罪人。我倒庆幸他并不在乎别人的讥评，自行其是。我想，要是《热河日记》的文字走了唐宋八大家或是桐城派的路子的话，那这本书在文字表达上就干巴巴，索然无味了。

朴趾源博览汉籍，下笔成章。在热河，同寓太学的汉人中有举人王鹄汀和曾任三品官的尹嘉铨。三人凑在一起，痛饮欢谈（当然是用笔）：

"鹄汀频频拔刀割羊大嚼，又数劝余，而余甚嫌其臊，唯啖饼、果。"

"鹄汀曰：'先生不嗜齐鲁大邦邪？'"

"余笑曰：'大邦膻臊。'"

"鹄汀有愧色。余亦觉其触犯，即以笔抹之，因谢曰：'鄙人爱非子贡，情同王肃。'"

这是一段风趣的相谑，有唐文《游仙窟》的味道。双方一来一去，用了两个中国典故。一个是孔子的门人子贡把告庙的祭品活羊从祭品中去掉了，孔子批评他："尔爱其羊，我爱其礼。"另一个典似乎生疏些。南北朝时，南齐有个王肃逃亡到北方，怕吃羊肉而爱吃鱼。有人问他："羊肉何如鱼羹？"他答："羊比齐鲁大邦，鱼比邾莒小国。"北人笑他"不重齐鲁大邦，爱邾莒小国"。朴话中有意无意暗讽了满洲鞑子像牛羊般腥臊，是夷狄之君。王某色变，恐怕是又愧又怕。朴也省悟，机警地把那犯忌的话一笔抹掉。

这记录又颇有《世说》风味，更透露了异族统治的森严，汉族士子的内心紧张，史感是复杂的。

《日记》中尊王攘夷的议论不少，爱憎情绪情见乎词，那多半是他归国后才写的，但很可能是和中国士大夫交流共鸣中形成、深化的吧？

比如，清帝抬高朱熹，《日记》对此有批判：

"清人入主中国，阴察学术宗主之所在，与夫当时趋向之众寡，于是升享朱子于十哲之列而号天下曰：'朱子之道即吾帝室之家学也。'遂使天下洽然悦服者有之，缘饰希世者有之，……彼岂真识朱子之学而得其正也？此其意徒审中国之大势而先据之，钳天下之口而莫敢号我以夷狄也。其所以动尊朱子者非有他也，骑天下士大夫之项，扼其咽而抚其背。天下士大夫率被其愚胁，自泥于中土之仪文节目中而莫之能觉也。或曰，清人既尊尚中土之仪文而又不变满洲之旧俗，何也？曰，此足以见其情也……"

对于清帝的多次南巡和安抚利用蒙、藏统治者，他也有诛心之论：

“康熙六巡淮、浙，所以阴沮豪杰之心也。今皇帝不旋踵而五巡矣！天下之息常在北虏……康熙筑行宫于热河，留蒙古之重兵，不烦中国而以胡备胡，如此则兵费省而边防壮。西蕃强悍而（民信）黄教，则皇帝躬自崇奉，迎其法师，盛饰宫室以悦其心……”

最后这一点，更是直指着当年时政在呵斥。就在使团抵达热河之际，西藏的活佛被极为隆重地迎奉到了行宫，乾隆还要求使节前往朝礼。

更可见出朴趾源识见之高的，是他对清帝文化统治手段的抨击：

“非秦之坑杀而乾没于校雠之役，非秦之燔烧而离裂于聚珍之局。呜呼，其愚天下之术可谓巧且深矣！所谓购书之祸甚于焚书者正指此也！”

修“四库”开始于一七七三年，朴趾源游华之后还得再过三年，“四库”才完工。那么修“四库”的全部真相他是不可能得知的，但官方通过大搜民间藏书以查禁有“问题”的文献，这种事显然已经引起了他的注意了。“所谓购书之祸甚于焚书”，不论这是朝鲜人的看法还是汉人的窃窃私议，《日记》将这记录下来，立此存照，今天读了，仍然——甚至更加感到深刻痛快，因其对照出了二百年后竟然还有捧

《四库》为“国宝”者的愦愦！

他同中国人交谈、问难，他注视、倾听、思索：“天圆？”“地动？”“凤凰城何不见于正史？”中国儒生初次见到他总要打听：“中土失传的《乐经》，真的还保存在朝鲜，禁止外传？”

他知乐爱乐，不但同中国朋友谈中乐律学，还写了“铁弦琴”在他本国流传的情况。那就是利玛窦他们带过来的西洋羽键琴。照他说的那情况，乾隆年间，这乐器在朝鲜已经“诸琴师无不会弹”了。这是令我惊喜的“新知”！同时又不胜感慨，西琴东来，何以一入明、清内府，从此再无声息了呢？

他在本国看过一则记北京天主堂管风琴的文字。一到中国“每思风琴之制，日常憧憧于中也”。从热河返回北京，就去寻访天主堂。可恨他要寻访的管风琴是在“西堂”，而此堂已在若干年前毁掉了。他追思友人所谈情况，“怅然为记”。这篇风琴记，又是中西音乐文化交流史的好资料。

在另外一处天主堂里，他细看了壁画，留下妙文一篇，不可不介绍：

“今天主堂中，墙壁藻井之间，所画云气人物，有非心智思虑所可测度，亦非言语文字所可形容。吾目将视之，而有赫赫如电先夺吾目者，吾恶其将洞吾之胸臆也！吾耳将听之，而有仰俯转眄先属吾耳者，吾惭其将贯吾之隐也。吾口将言之，则彼亦将渊默而雷声。逼而视之，笔墨粗疏，但其耳目口鼻之际，毛发腠理之间晕而界之，较其毫发，有若呼吸转动，盖阴阳向背自生显晦耳。……仰视藻井，无数婴儿跳荡彩云间，累累悬空而下，肌肤温然……骤观者莫不惊号错愕，仰首张手以承其堕落也。”

和中国历来不少“但资谈助”的“笔记”固然两样，也与那些高谈性理，卖弄词章之辈绝非同调。他十分关心实学。行踪所到，特别留心那些厚生利民的事物，比较其在两国社会中的同异，时时处处想着如何将异邦的好办法带回去向同胞推广。

“文革”浩劫，我被发落到一所农村砖瓦厂做小工。砖瓦之物我有接触。看到朴君谈砖瓦窑的一篇好文字倍感亲切：

“大约（中国）窑制与我东（按指其本国）判异。先言我窑制之误……我窑直是一卧灶，非窑也。（我国）初无造窑之砖，故支木而泥筑，以大松为薪，烧坚其窟，其烧坚之费已多矣。窑长，而不能高，故火不炎上。火不炎上，故火气无力。火气无力，故必爇松取猛。爇松取猛，故火候不齐。火候不齐，故瓦之近火者常患苦窳，远火者苦不熟。……松一剪则非复再蘖之树……百年养之，一朝尽之，

（业陶之户）乃复鸟（兽）散，逐松而去……国中之良材日尽，陶户亦日困矣。”

说过本国烧窑的情况，他再返观中土：

“今观此窑，砖筑灰封，初无烧坚之费。任意高大，形如覆钟。穹顶为池，容水数斛，旁穿烟门四、五，火能炎上也。置砖其中，相支为火道，大约其妙在积……砖不平置，皆隅立（按即靠边上放）十余行……再于其上斜架排立，次第架积，以抵窑顶，孔穴自然疏通如鹿眼。火气上达，相为咽喉，引焰如吸。万喉递吞，火气常猛，虽蜀秸、黍柄（按中国旧式砖瓦窑，江南江北也多用玉蜀黍秸之类做燃料）能匀燔齐熟，自无挛翻、龟坼之患。今我东陶户不先究窑制，自非（傍）大松林不得设窑。陶非可禁之事，而松是有限之物，则莫如先改窑制以两利之……（按，接着引他本国几位论者的名字）皆说制砖之利而不详窑制，甚可恨也！”

当年我当过勤杂小工的那砖瓦厂，是改进了的“轮窑”。厂外边有几座老式砖瓦窑，生产过程我略有所闻，却愧不能像二百年前的外国友人谈得那么清楚而且有味。可补充的有一点，他文中所说的“置砖其中”的“砖”，应该指的是未烧成砖以前的砖坯。

没有为民求知的热忱，没有耐心仔细的观察了解，这种文章是写不出的。读朴君的文章，我还常常发现这是个有激情也不想加以掩饰的人。

使团一行人过了鸭绿江，又整整走了半个月才到了辽阳，他立马四顾，展望辽东大野，“不觉举手加额曰：‘好哭场，可以一哭矣！’”同行人问：“遇此天地间大眼界，忽复思哭何也？”

“余曰：‘唯唯、否否。千古英雄善泣，美人多泪……人但知七情之中惟哀发哭，不知七情皆可以哭。喜极，则可以哭矣。怒极，则可以哭矣。爱极，则可以哭矣。恶（按，读wù，憎恨）极……欲极……赤子初生，所感何情？儿胞居胎处，蒙冥沌塞，缠纠逼窄。一朝迸出寥廓，展手伸脚，心意空阔，如何不发出真声，尽情一泄哉！故当法婴儿，声无假作。……今临辽野，自此至山海关一千二百里，四面都无一点山，乾端坤倪，如胶粘线缝，古雨今云，只是苍苍，(正) 可作哭场。’”

“七情皆可哭”，确是妙论，可解也可证，并非故作奇谈。“乐极兴悲”“悲歌当哭”“喜极而悲”“初闻涕泗满衣裳”“怒极而哭”，固是乱世弱民心态，然而哭由怒生，则或将由“一家哭”、“一路哭”中迸发为惊雷的！

朴公到了辽野而欲哭，发奇论，窃以为这不是无端的心血来潮。试想，以他那样的熟知明清史，眷眷不能忘中原旧邦文化，一朝来到百年前的古战场，他这个血性人物怎能不激动得要把一肚子牢骚感慨付之一哭呢！

得见《热河日记》这样的好书，深以为幸。我已“日薄西山”了，但朴君还有一部《燕行录》呢，不禁又生了悬念。

对了，有个极大的遗憾：他未提及《红楼梦》！他游华那年，《红楼梦》一百二十回本还没问世，可是手抄本已经在流传了。

补注一：

清末，流寓中国的朝鲜诗人金沧江（泽荣）与严复谈起朴氏，严复盛赞朴氏之文“中州百年内无此作”。

补注二：

书中提到的尹嘉诠，就是鲁迅《买〈小学大全记〉》中那个倒霉的道学家。

中国诗人心目中的光色影

“诗和画号称姊妹艺术。有人进一步认为它们不但是姊妹，而且是孪生姊妹。”

“自宋以后，大家都把诗和画说成仿佛是异体而同貌。”(以上引自《钱锺书散文》一百九十二页)

同西方近代风景画比较，中国山水画显然不注重光与色。这当然是很粗浅的感受。行家可以驳得我开不得口。外行的我并不敢乱说什么，只不过随手记下杂览中一点偶然的想法。

我看见，有些唐、宋诗人，他们心目中是注视光与色的。而且和画家们对光、色的观察、表现是不大一样的。

“池光不定花光乱，日气初涵露气干。”(李商隐)

这不是和传统山水画中（赵大年、宋代院画小品等等）很不一样吗？而且大可联想到莫纳那些外光派的名作。

本来无意于思考这种话题，这一来发生了好奇，“带着问题”再找例子，于是又碰上了和光有联带关系的“影”。

有所谓“如影随形”。国画中的形似乎一概是失却了影的。有没有例外？寡陋，记性坏，一时举不出——倒想到题外去了：笔记小说中有“鬼无影”之说。

相反，“影”进入了诗中的画面，而且多见。

李白《月下独酌》：“举杯邀明月，对影成三人。……影徒随我身……我歌月徘徊，我舞影凌乱……”这篇影的绝唱真叫人欢喜赞叹得喜极欲泣了！假如谱成艺术歌曲，舒伯特的《影》不得专美于乐史了。编成人与影的双人舞，又不知会醉倒多少观众！

不过这首诗还是抒情的成分大，从赏画角度看，视觉的享受不大。

想追求视觉享受吗？古诗中例子是现成的。

“五更鼓角声悲壮，三峡星河影动摇。”老杜这一联中，天河倒影之动带出了可见之水与不可见之风，更妙者下联之光影有上联之声对照，诗人的感受与营造是错综的，我们也该综合地去接受信息。

以影对声，又见一例。这是戴叔伦的一首宫词：

“春风鸾镜愁中影，明月羊车梦里声。”

宫体诗不大可能出大境界，但这两句中自有其妙处。“愁中影”本不同于随行之影，反映在镜里，却又虚得妙。声可闻，“梦里声”却虚幻。两相对照，情境恍惚，虽可言传而无法借丹青描画吧！

诗演进为词，词家似有更敏锐的感受。于是从词里面可以见到更多的光、色、影。

李后主的“想得玉楼瑶殿影，空照秦淮！”(《浪淘沙》)，可以联想德彪西的钢琴曲《水影》。

他的《捣练子令》：“深院静，小庭空，断续寒砧断续风。无奈夜长人不寐，数声和月到帘栊。”有“声光相乱”的效果，超出了视觉。

欧阳修有两句：“湖上朱桥响画轮，溶溶春水浸春云。”色彩明丽，声、光交响，更有味是后一句，触发了视、听以外的感觉。

中国诗词中“斜阳”极多，而且色调不一，渲染出不同的情味。相形之下，画师显然见绌。

有一例有点特别。梅尧臣咏草的《苏幕遮》中，“满地斜阳，翠色和烟老。”不同的色、光混合，产生了变化，这在印象派人画笔下，不难处理，但我欣赏词作者捕捉了这样一个复杂的光景。(有趣的对照：范仲淹的另一首《苏幕遮》中，“山映斜阳天接水，芳草无情，更在斜阳外。”也有斜阳、芳草，然而别是一种色调也别是一种滋味在心头了。)

北宋词人张子野，像是一个嗜影、恋影的人。在他的词里，出现的“影”特多。

先举一例：“中庭月色正清明，无数杨花过无影。”这里面有一种很特别的注视与感受。

又一例：“那堪更被明月，隔墙送过秋千影。”

此例也许平淡，使他不朽的是那首《天仙子》中的一句“云破月来花弄影”。当然，“破”与“弄”不但使“境界全出”（王静安语），而且突破了静止不动的画境，画笔更难以追踪了。

杂食者零札

蔡元培借题自抒生死观

“谈诗是诗，举动是诗，毕生行径都是诗，诗的意味渗透了，随遇自有乐土。

乘船可死，驱车可死，斗室坐卧也可死，死于飞机偶然耳，不必视为畏途。”

这是蔡元培为诗人徐志摩而作的挽联。

《蔡元培传》作者唐振常评道：“豁达自然，如谈玄理，颇有魏晋风度，且兼用文言白话，琅琅可诵，为联语开拓了新境界。”

我也欣赏这副有新意的挽联，并且感到，从蔡公一生行事来看，此联不仅是为诗人留一传神小像，并可读出他在自抒生死观。

当然，这只是指的下联。他不是诗人。他是仁人、哲人，为了救世不怕下地狱的沉毅的勇士。

张骞苏武与息夫人

张骞第一次出使西域，度过十三年的异邦生活。其中，为匈奴人所俘，当了十年囚犯，但“予妻，有子”。

“苏武留胡节不辱”(老歌《苏武牧羊》头一句)，被扣留的时间更长。他也有个“胡妇”做老伴，也生了孩子。

读史浮想，想到了春秋时代的息夫人。唐人杜牧《题桃花夫人庙》就是咏这位可怜的女子的。诗曰：“细腰宫里露桃新，脉脉无言度几春。至竟息亡为底事，可怜金谷坠楼人！”

这个好冶游而又薄幸的诗人，伪善地“可怜”被迫跳楼的绿珠，凶恶地责问息夫人。“为底事”不过是故作“温柔敦厚”，其实已下了判决：祸水就是你！

更可笑是那个清朝的沈德潜。他在选入《唐诗别裁集》中的这首诗后面加上一个批：

“不言而生子，此何意耶？绿珠之坠楼不可及矣！”

“此何意耶？”逼问得极其残忍而又荒唐无耻，叫息夫人怎么回答？

也就是这个沈德潜，因为对《富春山居图》的真伪问题，和主子的圣鉴有分歧，受到了乾隆责令“自批其颊”的处分。也许只是上谕中的痛斥之词吧，不管怎么说，他只能以“妾妇之道”来接受了。

那么张骞、苏武在那样的处境中有胡妇，而且还“生子”，时人或后人有何议论？可惜未见到。也许沾了是男性的光，而况大节不亏，从宽免议了。

“书斋”垮了

由于某些不值得一说的原因，最怕搬家的我最近偏偏碰上了这种倒霉事。怕搬家，很重要的一个原因是怕搬书。书搬起来最麻烦，也最重，每搬一次都是寒斋的天下大乱，也叫人心乱如麻。

年已八十，这回肯定是最后一次搬家。比起“文革”中搬家来，这次好像心里更乱。那时没有什么书斋，把几十斤书送进废品站之后，所剩已无多，是扔掉还是带着去劳动改造，都很难决断的。可是如今这次，面对的是二十多年来积聚的几千本书，许多是读了还想再读的，有一些是读过不止一两遍的，还有几乎天天要翻要查的工具书，所有这些同我朝夕相处，坐卧与共（我的“书斋”即是卧室）的书，要统统搬到新居去是办不到的，无处可放。像鲁迅那样租一处房子来放点书吗？租不起。这却如何是好？

没有什么好办法，只有分散处置，取消名实难副的“书斋”了，一部分书叫外地工作的儿子搬去，塞进他那早已塞满了书的车库。一部分书分赠友好。他们是和我有共同语言的爱书人，但并非藏而不看的藏书家。

至于我自留的，仅仅装了几个纸箱。但为了挑选这一小堆书，却也煞费了思量。

暮年散书，岂止是惆怅而已！然而也想得开。留下自己最爱读也值得我用剩下不多的时光、视力和脑力去温读的书(鲁迅、金克木、钱锺书、知堂、张爱玲、李敖)，好好消化它们，这比一味沉溺于浮光掠影的杂览是更可取吧。

杂食书虫的残梦

暮年散书，对一个老书虫来讲，下这个决心是痛苦的。我想到，六朝梁元帝在敌人兵临城下的时候，将宫中藏书一把火烧光，大概有类似的内心斗争。

当决心已下动手处理时，到底为我自己留下哪些书，又是一种艰难的抉择。

最后留下的只是百十来本。我将靠这小小一堆书送走自己的残年。但，不会像《莎菲女士日记》绝笔说的："浪费掉我生命的余剩"。这些不是藏书的精华，我不是什么藏书家。但也不是剩脚货，其中一部分是必须重读的，也有一些说不上有什么价值，但同我的缘分不浅，舍不得分手，姑妄留之，以备重温。

可能有不见面的书友想知道这是些什么书，也未可知。我来开出一部分书目，有些略加说明，主要让大家知道我这条可笑的书虫喜爱杂食而已。

一、《鲁迅全集》。

可怜也可笑，往昔就一直崇拜他，其实是一个愚昧者的崇拜。所以虽曾通读，还不止一遍，其实根本未读通。现在要抓住最后机会，“带着问题”好好再读一遍。也许终于可以免做糊涂鬼。

二、金克木的书：《文化卮言》、《旧学新知集》、《探古新痕》、《难忘的影子》、《风烛灰》等。

只怪自己腹笥太俭，找不出最恰当的词儿来形容这位智者在我心目中的形象。我私下里品评他是一位真正的通人。我觉得他那文章纯净透亮，毫无火气，然而绝非冷漠无情。可恨我没有长安居的好福气。否则一定会天天登门，倾听这位高人“说法”。

三、李锐的书：《庐山会议实录》、《大跃进亲历记》等。

读史是我的一癖。我寻求真史。从作者书中我读到真史，得到真知，感到真情。我对此老，高山仰止！

四、钱锺书：《管锥编》、《谈艺录》等。

他的著作中我自觉能领会的只是一小部分，但我有兴趣求得更多知识。坦白地说，我将这看作是求知的一种捷径，何况，其文可喜，其人可敬，并世又有几人？

五、曹聚仁的书：《我与我的世界》、《万里行记》等。

曹氏自说《儒林外史》是他爱读的书，反复读过四十遍。他的书我见到就买，看了便不想释手，《我与我的世界》前后看过大约十来遍了。

书中有人有史，人是我感兴趣的，史更是我想多知道的(从清末民初到二十世纪三十年代)，这就是我爱读的原因之一，但如果不是那种有个人特色的文风，也就不耐多读了。没有学究气、语录调、新文艺腔，是其特色。

我甚至觉得他也有一种通人的魅力，而且他的“世界”比别的“通人”似乎要大一些，他知人论世的视角、思路也更“广角”些。他与他的世界之间又保持了“间离”，但又既超然又有介入，因而他的“通”便与纯粹的文士不同了。

六、周作人：《周作人文类编》、《知堂回想录》等。

要不要让这样一个道德与文章分裂者的一大堆书在书架上占据宝贵的位置，和我共度残年，当然不是没有内心的争辩的，也可见其学识与文章对我的强大吸力了。既然向往五四，既然崇拜鲁迅，我就甩脱不了与之割不断联系的周作人。

七、李敖：《李敖回忆录》、《蒋介石研究》等。

八、张爱玲的小说、散文集。

九、李恩绩的《爱俪园梦影录》。十几年前，在惊喜地读了这本小书之后，我又接连去书店买了七八本，分寄友朋，怂恿他们快读。泡在一个恶浊不堪的伪劣“大观园”里耗掉了青春，然而不沾一点泥污，每经过那高高园墙外的马路，我总想到这个潦倒一生的可怜人!

十、胡适的书：日记、书信、文章等。他的文章一清如水，我很喜欢。可惜他的为人行事不总是如此。为了读史，为了知人论世，不能不读他。

十一、吕思勉的史学著作。

十二、杨步伟：《一个女人的自传》。

十三、《赵元任年谱》。

十四、《闻一多年谱长编》。

十五、《梁启超年谱长编》。

十六、陶菊隐：《北洋军阀统治时期史话》。

十七、黄秋岳：《花随人圣庵摭忆》。

十八、王泗源：《古语文例释》。

十九、张岱：《陶庵梦忆》。初见此书，在上世纪四十年代初，从此，读了无数遍。

二十、丘吉尔：《第二次世界大战回忆录》（中译本）。此书我仔细通读过两遍，做了笔记。留下它是还想再读。

二十一、特克尔的《美国梦寻》、《干活》、《劫后人语》（原文本和中译本）。

二十二、陀斯妥耶夫斯基的《罪与罚》（迦纳特英译本）

二十三、狄更斯的《远大前程》（原文本）。

二十四、柯南道尔的《福尔摩斯探案全集》（原文本）。

二十五、斯蒂文森的《金银岛》（原文本）。六十多年前读顾均正注释的这本小说，本意在自学英语，借故事情节来吊胃口，减轻怕查生字的惰性，终于爱上了它那讲故事的技巧和作者文风的特殊味道。从那时以来，重看过多少遍也说不清了。

二十六、希尔顿的《再会，契普斯先生!》(英文)。

留下这本小书，主要是为了留下一点往昔自学英语的记忆和对“老师”的感激。它是葛传椝、俞亢咏加了详注的。几十年前见了这类详注的英语（还有俄语、日语的），真像是得了宝贝。加注的英语读物早就出了不少，那是些不负责任的出版商干的。葛传椝的详注才是真正为我们着想的。他还编过一本《全句注音英语会话》，我也买过。所谓全句注音，是不仅注单词而且把语音在句中的变动，句子的语调都尽量标出来。对于基础太差又无录音、广播可利用的学生，虽有此书，仍旧茫然。但我非常感激这位不见面的“嚼饭哺人”的好老师!

应该补上几句。此书不是经不起多听的“流行乐”，每读常常想起《浮生六记》。这两本书，一真一虚，都可作“惆怅”一词的解释。

……

留下来的书当然不止上面开的这些，但也无须一一交待了。

看看如今的局面，想起不知天高地厚的青年时代，求知欲爆炸，竟做过“读尽天下好书”的春梦，真是啼笑皆非!

下编

好　书

有一本书，叫《夏洛的网》，是美国人E.B.怀特写的，在中国知道的人不算太多，看过后喜欢的人却不少。

我第一次读到这本书是在一九七九年初夏的时候。那一年，我上初三，被升学考试压得昏头涨脑，有一天偶然到久违了的市图书馆去逛逛，发现那里竟然腾出一层楼面，新辟为“少年图书馆”，专为初中以下的读者服务。我头一热，就当场办了一张证进去了。这多少有点奇怪，因为我不太记得自己有什么少年儿童时期，从小学四年级开始，手头便拥有市图书馆的正式借书证，而且几乎从来不看“成人读物”以外的东西。根本就不屑看。偏偏在我行将告别少年的时候，会跑到一个到姗姗来迟的“少年图书馆”，这实在要算是一种罕见的缘分，仿佛冥冥之中有一种指引，让我在“少年”的最后两个月里，终于读到了少年应该读，并且可以读一辈子的东西。

印象当中，在“少年图书馆”里，大概前后就只借过这一本书。两个月以后我就读高中了，基本上和图书馆就断绝了来往。不过，套用一种我们比较习惯的说法，一本书可以顶一万本书。在我以后的有生之年里，大概过两三年我就要把这本书找得来看一遍，好像病人要定期吃药那样。有时候，生活中遇到一些额外不顺心的东西，像失恋啦，或是出国被人挤掉啦，那么就还会额外不定期地服用。服用之后便觉天高日丽，神完气足，心清肺明，好似用光了的蓄电池充足了电，又可以投入到人世间没完没了的损耗中去。

这实在是一本宝书。我觉得在一个理想的世界里，应该只有两种人存在，一种是读过《夏洛的网》的人，另一种是将要读《夏洛的网》的人。有时候，半夜里醒过来，摸摸胸口还在跳，就会很高兴，因为活着就意味着还能再把《夏洛的网》读一遍，而读《夏洛的网》就意味着还活着。

一天大清早，小姑娘芬看到他爹亚伯手里拿着把斧头匆匆往外赶去，便问她母亲这是怎么一回事。亚伯太太告诉她说，昨晚家里的老母猪生了一窝小猪，其中有一只必须被“干掉”。小姑娘一听就急了，赶紧冲出去抢他爹的斧头。亚伯先生告诉她，那只小猪先天不足，又瘦又小，恐怕是很难养大。这时，小姑娘说了一句非常精彩的话：“我也又瘦又小，难道也应该被干掉？”

亚伯先生让步了，芬独力喂养这只小猪，并为他取名为威伯。可是芬还不算是这本书的主角。养到五个星期的时候，威伯已经太大，芬也养不了他了，于是听从亚伯先生的劝告，五个美元把威伯卖给了附近农场的她舅舅查克顿，这样她还可以经常去看望他。

在查克顿舅舅的畜圈里，威伯一天到晚吃吃喝喝，晒晒太阳，感到很满足。就当他开始变得膘肥体壮的时候，旁边的鹅羊马牛以过来人的身份发出了盛世危言。他们明确地指出，威伯的未来就是圣诞节的火腿。威伯吓坏了，在大家的怂恿下，他盲目地进行了一次逃亡，结果当然是失败。他又被关回了猪圈，当夜晚来临的时候，威伯躺在烂泥里，闻着他熟悉而又喜爱的臭烘烘的味道，想着过去的幸福生活，想着迫在眉睫的悲惨结局，忍不住悲从中来，哭成了个泪人儿。“我不想死啊，我不想死啊!”可是又有谁能救得了他呢？猪的命运难道不就是那样吗?

就在失意绵绵而又万念俱灰的一刹那间，从猪圈的黑暗中传来了一个清朗的声音：

“你不会死的”。

我真的记不得我有多少次看《夏洛的网》了，我熟知那里的每一个细节。可是，每次当我再听到这个黑暗中的坚定的声音的时候，还是忍不住头皮发麻，热泪盈眶。这是（发生在猪圈里的）伟大的一瞬间，就像上帝在说：

“要有光。”

但是这里却并没有什么上帝，而是一只叫作夏洛的蜘蛛。夏洛答应威伯，她一定会想办法拯救他的生命，夏洛说了一句我们每个都应该记住的话：

“我会做你的朋友，你醒过来，睁开眼睛，就会看见我。”

一开始，她老实承认自己还没有具体的计划，但是她会在每天穿梭织网的时候不停地思考。最后，聪明的夏洛终于想出了一个绝妙的办法。亲爱的朋友，如果您是一只蜘蛛，如果您也想去拯救一头可爱的小猪，您会怎么做呢？您能有切实可行的计划吗？至于我，苦思冥想了很多年，所有想出来的办法都比不上夏洛的好。

查克曼家的帮工蓝午在早晨来到猪圈，倒完猪食后，他抬头一看。猪食槽上方有个大大的蜘蛛网，网上明确无误地结着两个大字：“好猪”（some pig）。

消息顿时传遍了乡里，威伯成了一口名猪。来参观的人络绎不绝，查克曼一家乐开了花。名气确实不是一件坏事情，至少对猪来说是如此，但是威伯的命运仍然在空中飘荡。在一个贪吃的老鼠谈波顿很不情愿的帮助下，夏洛用她的网上艺术对威伯的名声层层加码，连续推出“光焕”（radiant）、“杰出”（terrific）等光辉字眼。最后，威伯参加了当地的农业博览会，在危急关头，已经衰老的夏洛，使尽全身的力气，用一个即兴发挥的“谦虚”把临阵怯场的威伯推上了金奖的宝座和名声的顶点，从而彻底地化解了威伯的性命问题。当胜利的消息传来，也是夏洛自觉衰老将亡的一刻，故事在此达到最高潮。

夏洛和威伯最后的对话简单中见真诚，感人至深：

“夏洛，”威伯停了一会儿说，“你怎么一点声音都没有啦？”“我喜欢静静地呆着，”她说，“我一向喜欢安静。”“可是你今天好像有点不一样，你没事吧？”“可能有点儿累吧，不过我挺满意的。你早上在会场上的成功也有我的小小一份功劳。你将来会没事的。你能够太太平平地活下去啦，威伯。没有什么东西再可以伤害你了。往后是秋天，会变凉，白天会变短，叶子会从树上掉下来。然后是圣诞，是冬天，会下雪。你会活下去，看到冰封雪飘的好风景，因为你对查克曼家意义重大，他们不会伤害你了，再也不会了。冬天过去后，白天又会变长，池塘里的冰就会融化。百灵会回来唱歌，青蛙也会醒来，又会吹起暖暖的风。所有这些好看的东西，好听的声音，好闻的味道，都等着你去欣赏呢，威伯，这个美好的世界，这些珍贵的日子。”夏洛说着说着停了下来。

夏洛缓慢而又安静地死去，但是在死以前，除了拯救威伯外，实现了自己对朋友的承诺以外，她也完成了一件自己的最重大的作品，一个水密的囊袋，里面安安稳稳地装着她的五百一十四个未来的儿女。威伯想尽办法把囊袋带回了农场，到了来年春天，小夏洛们一个个地破囊而出，乘风而去，但还是有三个小蜘蛛愿意留下来陪伴威伯，继续他们的母亲和威伯的友谊。

一开始的时候，因为无知，我还以为作者怀特是个无名作家，后来慢慢地收集了一些他的资料，才知道不那么简单。怀特写的儿童文学有三部，除了《夏洛的网》以外，还有《小鼠斯图瓦》和《天鹅的喇叭》，每一部都是不断再版的经典。《夏洛的网》初版于一九五二年，至今已经有二十多种译文，发行五百万册以上。我曾经在网上最大的亚马逊书店（www.amazon.com）中查过《夏洛的网》。亚马逊书店有个很大的特色就是开有读者评论栏。对《夏洛的网》，一共有五十四份读者评论，读者的平均分是最高分五颗星！我在亚马逊里查过很多的书，《夏洛的网》是唯一一部读者给予五颗星评价的作品，这一发现着实令我欣喜若狂，但是也有莫名的失落，好像是突然发现自己偷偷暗恋的素面淡装的无名女孩竟然是当红的偶像明星。比较一下吧，大名鼎鼎、被炒到上了小书摊的《尤利西斯》，读者平均分是五颗星。

《安娜·卡列尼娜》是四点五颗星。亚马逊的读者评论看来很能代表民意，因为在一九七六年《出版周刊》向“教师，图书馆员，作家，出版家”搞了个调查，让他们列举十部最佳儿童文学名著，结果《夏洛的网》名列榜首。

从二十年代开始，怀特为《纽约客》(*New Yorker*) 和后来的《哈珀斯》(*Harpers*) 杂志撰写专栏散文，这些散文描写都市人情市态，名气也毫不在怀特的小说之下，至今还不断地结集再版。怀特的散文，一如其小说，朴素，明晰，隽永。这正是他在一九七九年修订的名著《风格的要素》中对文字的要求。

这也正是怀特的生活的风格。他迷恋简单素朴的农村生活。他的一生，有很大一部分光阴是在乡间度过。怀特是养猪的好手，《夏洛的网》写的很大一部分就是他自己的生活，夏洛是真有其蛛，整个故事的源起也就在怀特拎着一桶猪食走向威伯的路上。在一篇谈自己创作的文章里，怀特写道：“对一个喜爱动物的人来说，农场也是一个恼人的地方，因为绝大多数的牲畜的恩养者，同时也就是它们的谋杀者。牲口们平静地生活，却可怕地暴然死去，命运的不祥之音始终在它们耳际回荡。我养了一些猪，春天下的崽，我喂了它们一个夏天，一个秋天。这种情形令我苦恼。我和我的猪一天天地熟识，它也一样。”最后，在《夏洛的网》里，怀特下决心要拯救一头小猪的性命。

拯救一口小猪的性命有意义吗？我想，和拯救大兵雷恩的意义应该是一样的吧。

不过，从我第一次读《夏洛的网》到现在，几乎已经有二十年过去了，还是我一直都没能搞明白，这部“儿童文学”何以能够如此长久地令我着迷。这种着迷到最后已经成了一种偏执。我以传教般的热情把它推荐给自己所认识的每一个人，并且非常紧张地等待对方的反应，如果他们说好，我就会大大增加对他们的好感，如果对方反应平平，我就会掉头而去。总的来说，似乎越是年轻的一代，反应越是冷淡，使我每每感到代沟的巨大，感到世界的不理想，要发出九斤老太的哀鸣。

我当然也记得我遇见的第一个自己在少年时期就读过《夏洛的网》的人，如今的著名学者包亚明先生。那还是刚上大学的时候，彼此还比较陌生，可是无意中谈其自己最喜爱的书，竟然都是《夏洛的网》，那种又惊又喜，相见恨晚的感觉，实在是难以言表。不用说，包君当场就成了我终身的朋友。

张炜在《柏慧》里提出了一个引起争议的看法，认为世界上所有的好人可能过去都是一个族里的，具有某种血缘的联系，后来因为某种原因失散在世界各地。我觉得这种观点有点意思，想补充的是：这些好人们在联络的时候，会相互间说一些暗号，而《夏洛的网》就是暗号之一。就像《智取威虎山》里面对那种天王盖地虎式的切口那样，一个人说一声“好猪”，另一个人对一个“光焕”，相互就能够相视而笑，莫逆于心。

好书Ⅱ

有一本书，大人不觉得浅，小孩不觉得深。这样的书，世界上有几个人能写得出呢？

我第一次读怀特的《小史丢瓦》的时候，已经是个不折不扣的大人了。读完之后，激赏之余，还是有点小小的遗憾：如果我能乘时间之舟回到童年就好了。回去不为了别的，只想知道自己如果还是一个小童，第一次读《小史丢瓦》会是怎样一番狂喜的心情。

却说美国纽约有位利特尔先生，养了个小儿子叫史丢瓦。小史丢瓦怎么看怎么像只小老鼠。他两寸来高，不但有老鼠的尖鼻子、老鼠的长尾巴、老鼠的八字须，还有老鼠的灵活，老鼠的聪明，老鼠的害羞。他喜欢穿利特尔太太专门给他做的蓝色呢子的漂亮小西装，头戴灰色小礼帽，手握一根小文明棍。小史丢瓦是利特尔家的心肝小宝贝。

是谁说过“小的就是好的”来着？小史丢瓦就是一个现成的例子。妈妈在刷浴缸的时候一不留神把戒指落到排水管里了，怎么也弄不上来。小史丢瓦把一根线系在腰里，让爸爸牵住线的另一头。“我把线扯三下，你就把我拉上来”。他下去没多久，线很快就扯了三下。

像我这把年龄的人，恐怕大都有过在家里打乒乓，球滚到床底下，无论如何必需拿出来，又无论怎样都够不着的痛苦经历吧。那年头，一毛钱一只的球谁能有几个呢？如果家里有一个乒乓球那么高的小弟弟，球能钻到哪儿他也能钻到哪儿，心甘情愿使出吃奶的力气把球推出来。有这样的好兄弟，便真的是老鼠，我也认了。

小说的前面几章都是诸如此类的有趣的细节，我们的小鼠兄弟如何喜欢锻炼胸肌，如何喜欢穿得体面，如何喜欢晨起，抡着（对他来说的）大木槌，在头顶上大转三圈，然后“砰”的一声从他家的水龙头里砸出一道细细的水流，那些还在床上的家里人就知道，小史丢瓦要刷他的牙了。

就这么散散漫漫地进行下去，几乎没有什么情节，直到一只名叫玛加洛的小鸟飞进了小史丢瓦的生活。这是一只很好看的棕色的小雌鸟，胸口有一道黄条纹。小史丢瓦当场就爱上了她。啊，“当场”，多么好的词。

生活依然是有趣的，小史丢瓦依然是快乐的，可是有一些不一样了。有一些需要操心的事了。家里有一只叫“雪球”的猫，双目炯炯，摆明了会对小鸟有所不利，着实令人心惊。小史丢瓦彻夜守望，终于在半夜里把他的小箭射在了雪球的左耳上。有一回小史丢瓦被扔上一辆垃圾车，差点被送进大西洋里，是玛加洛把臭烘烘的他一路叼着飞了回来。

可是玛加洛有一天忽然不辞而别。小史丢瓦心碎了，他吃不下东西，他瘦了。最后他决定不跟任何人说一声，离家出走，到外面的世界里去寻找玛加洛，“同时也寻找我自己的幸福”。

一个做药剂师的朋友送他一辆六寸长的漂亮小轿车，小史丢瓦去加油站加了“五滴汽油”，就上路了。从这里开始，故事依然行云流水般的简单——读了怀特，你就会知道，“行云流水”可不仅仅是我们中国人的专利。一路上到处是让小朋友们捧腹的趣事，故事的意义却开始变得复杂，复杂到我们大人也未必能完全明白的地步。小史丢瓦还是那么活泼和害羞，可是也多了几分深思熟虑，又添了几分自尊和倔强，有的时候又有点像个哲学家。他做过小学的代课老师，给小学生们上了他们这一生可能是最有趣，也最有启示性的一课。

在路上，我们的小史丢瓦还同一个既漂亮又和他同样身高的小姑娘有过一次不成功的约会。只是路上的惊鸿一瞥，他就冒昧地给那个小姑娘写了一封朴实而又极具诱惑力的邀请信，约小姑娘傍晚到河边泛舟，在信中声称“我的小舟犹如我忠实的老友”。他甚至还设想把小划子划到上游的一片睡莲叶子那里，让小姑娘坐在睡莲叶子上，而他则扑通一声跳下水，绕着睡莲游来游去。

一切都事先安排得极为周到妥帖（这是小史丢瓦从来的风格），小姑娘很不错，居然在小史丢瓦的心跳声中按时来到河边。可是，等他们一起来到停船的地点时，小划子不见了！后来总算是找到了，可原先装饰得漂漂亮亮的小船已经被人搞得一塌糊涂，简直像一堆破烂。垫子没有了，靠背没有了，最可恶的是船的一头还被紧紧地拴了一根又长又粗的绳子，怎么也解不开来。

小史丢瓦被这个意外的事件给彻底搞懵了，他急得上蹿下跳，嘴里嘟囔着一些废话，完全失去了他惯有的风度。小姑娘倒是挺能面对现实的，劝他把小划子装好，还是到河上玩。小史丢瓦一听这个主意，简直就受不了：

“没有用，”他伤心地说，“不会跟原来一样了。”

天开始下雨，小姑娘又提出他们可以去乡村俱乐部去跳舞。而小史丢瓦在极端的沮丧中，竟然毫无风度地拒绝了。小姑娘只好一个人离去，“留下小史丢瓦单独和他破碎的梦以及他破碎的小划子在一起。”

其实小史丢瓦这次碰到的充其量不过是温和的小挫折而已，可是他却陷入了大忧伤。我们又何尝不是这样。我理解你，我太理解你啦，亲爱的小史丢瓦！你是一个不可救药的完美主义者，就像我一样。可是，你也该替人家小姑娘想想。没错，你聪明，善良，又有情趣，可是千万要记住：我们的世界本来就是有缺陷的，世界并不总是会单方面地按照你的完美设计而展开。你还是不太能够区别梦想和现实，你还是有很多的东西要学。人家小姑娘在这方面就比你要成熟懂事得多。

小史丢瓦又上路了，继续他寻找玛加洛的旅途。到了离城半英里的地方，公路岔开了，一条路向西，一条路向北。有一个电话公司的修理工在岔路口，小史丢瓦向他打听玛加洛。他们还讨论了一会儿该朝哪个方向走的问题。小史丢瓦想朝北走，修理工觉得西南也是好方向，东边也不错。最后他们还是觉得朝北稍好一些，北面总有些东西和其他方向不一样。于是——

小史丢瓦从沟里出来，爬上他的汽车，开始顺着朝北的路开。太阳刚从右边的山岗升起来。他朝前面无边的原野看去，路显得很长。但天空是明亮的，他还是觉得他正朝着正确的方向走。

故事到这里就结束了，或者说永远也结束不了。数以千计的小朋友写信给怀特，问他小史丢瓦找到玛加洛没有。可按照怀特自己的说法，“生活本身就是没有结果的”。说老实话，可能是年龄实在太大的缘故，我读《小史丢瓦》，读到一大半，除了觉得有趣，也并不特别觉得什么。可是，从小史丢瓦遇到小姑娘开始，小说越来越呈现出一种不可思议的优美，美得令人心痛，令人迷醉。

所以，当我去年十二月在 Yahoo 上看到《小史丢瓦》被改编成号称历史上最惊人巨制的电脑动画片，并已在全美公映时，那种迫不及待的心情，驱使我做出了一些颇为出格的事情。当时，我还在日本。按照通常的惯例，美国电影至少要等四个月以后才能轮到在日本放映。可是，对《小史丢瓦》而言，我连等待国内盗版 VCD 的耐心都没有了。行动吧。打开 MIRC 互联网聊天室远程登录软件，进到我们这个星球上最臭名昭著的 Efnet 服务器，然后在 Efnet 搜索一切包含关键词 VCD 的聊天室。我早就知道在那里可以找到几乎所有美国本周票房 TOP10 的最新电影。有时甚至会有首映之前就已经从地下流出的，不是片段，不是脚本，不是影评，就是活色生香的足本电影本身，从互联网直接流向电脑屏幕。在那里，全世界最疯狂的急于尝鲜的影迷们挤在一个个公开的或秘密的聊天室里，也可以说是在一个可以称之为“世界电影院”的门口。他们的腔调，同一九七四年放罗马尼亚电影《爆炸》时大光明门口那些急吼吼的人说的话几乎是一模一样的，那就是：

“票子有哦？”

和一九七四年大光明门口稍有不同的是，这里肯定有票子。我到了一个门口写着“# VCD001”的聊天室，还没等我开口提出设立 FTP 和人进行交换，就发现聊天室的“机器人”（Bots）已经在自动发送《小史丢瓦》的电影文件了。在 MIRC 的命令行键入指令：“get [mgs]stuart_little01. asf”，三个小时后《小史丢瓦》就已经到了我的硬盘上。

Yahoo 没有骗我，电影《小史丢瓦》的电脑特技极其惊人。你多半曾被《侏罗纪公园》或《玩具总动员》的炫目特技所震慑。可是和《小史丢瓦》相比，那完全是小儿科的把戏。在人类的电影史上，《小史丢瓦》号称达成了几项重大的突破，第一次用电脑模拟了真实的皮肤，真实的衣服，真实的毛发，还有真实的表情！电影里的小史丢瓦被称为人类历史上第一位电脑虚拟演员。他时而挤眉弄眼，时而含羞带笑，时而踌躇困惑，小指翘翘，鼠须飘飘，各种小动作不计其数，那种惟妙惟肖的表演，直把他两个呆头呆脑的父母——好莱坞明星戴维丝和基拿——比了下去。

如果你多少接触过一些电脑 3D 动画制作，肯定会更加惊服。你也一定会知道，世界第一虚拟演员小史丢瓦随便莞尔一笑，那可不是什么神经在牵动腮帮子上的肌肉，而是成千上万个多面体按设计员的程序按照预设的轨迹在运动。可是，反过来想一想，难道我们这些所谓“真”人的微笑就不是更多的多面体按照更高档的程序员的更高级的程序按照更微妙的轨迹在运动吗？这种事情简直不能多想。

如果是电脑3D动画专家，看到电影里小史丢瓦狼狈地从妈妈的洗衣机里滚出来，衣服湿漉漉地贴在身上的那种无比真实的质感，眼珠子也要爆出来了。当小史丢瓦在中央公园泛舟，微风轻拂着他周身的五十万根电脑毛发（不错，五十万根，一根也不少，用Maya毛发插件制成），衣袂随风飘摆，那种怡然自得的神态，难道真是在宣布一个真伪难辨的虚拟时代的到来吗？顺便说一下，整部电影的3D人物造型主要用Alias/Wavefront的3D制作软件Maya来完成。Maya如今是好莱坞制作3D动画的首选软件，身价巨万。在五角场民工开的店里，八块钱就可以买到了。我们生活的这个时代够复杂多样吧？从理论上说，你用八块钱把Maya买回家，如果有足够多的时间的话，在自家的电脑上就基本上可以把《小史丢瓦》做出来了。当然，这纯粹是从理论上说。《小史丢瓦》的开发费用是九千万美元。

《小史丢瓦》的制作人员使足了吃奶的力气，要造成一种栩栩如生的视觉效果。而问题也就在这里，太逼真了。在这部电影里，高科技帮足了忙，可也帮足了大倒忙：小史丢瓦不是像一个老鼠，他就是一只老鼠。我无论如何也不能接受这一点。如果有一天，虚拟现实技术会发展到这样的地步，一只真（至少你无法辨认真假）的老鼠会一头扎进我的怀里撒娇，我还是没法不让我的（真正真实的）汗毛根根竖起来。随你说我不讲鼠道主义也好，说我政治不正确也好，说我不够另类也好，反正对我来说，我不是一只老鼠，怀特的小史丢瓦也不是，他是人，而且显然比很多人更像人。一句话，我不喜欢这部把小史丢瓦变成老鼠的挂羊头卖狗肉的电影。我就是要那个在怀特的文字间蹦越的小史丢瓦，不要那个超清晰度的电脑老鼠。

不知怎的，我竟然想起了《红楼梦》。我心里头有一条自备自用的私家定理。一部文学作品的好坏，可以用改编成影视作品的成功度来衡量。改编得越不成功，或者说越难改编的，就越是好的文学作品。古今中外的文学作品，恐怕还没有比《红楼梦》改编得更拙劣的了。是改编者不行吗？是演员拙劣吗？都不是。答案只有一个：《红楼梦》太好。按照我的定理，《红楼梦》无疑是世界上最伟大的文学作品。对不起，请把我们教科书上经常使用的那个该死的“之一”拿掉。其实这道理很简单，老子四个字就说得清清楚楚：“大象无形”。

写到这里，我心头突然掠过一丝无名的欣慰。这年头，文学被声光色像的市场挤压得好苦，一年年的困顿，一天天的萎缩，更有由良而娼者，直奔下三路而去，大家分明是在作散伙的打算。文学的命运真是让人捏着把汗。可是，这部票房过亿的高科技多媒体电影大作却让我大大地松了一口气。五十万根毛就想把文学干掉？没门儿！超逼真的影像就能替代真正的洞见？梦想！真实的视觉也许恰恰是在你轻轻翻过平装本《小史丢瓦》的最后一页，缓缓合上你的眼帘，在那里，在模模糊糊的语言的最深处，你一定会看到那个快乐而又忧伤，体贴而又倔强的小史丢瓦的朦胧而又动人的身影。

好　看

（一）

小时候看《说唐》，最愤愤不平的是秦叔宝为什么只能在天下好汉中排到第十六名，可见对那个排行榜是很看重的。那时候模模糊糊的感觉是：凡是好汉，就一定要排座次，排不上座次的，肯定不能算好汉。《三国》没有明确地讲清楚谁武功第一，谁第二，自是平生恨事，曾想帮罗贯中把里面的人物排一排，终未果。后来看到网上也有很多人在炮制类似的图表，为典韦是不是打得过张辽之类的问题争吵不休，于是意识到这不是一个私人的小事，而是大家都克服不了的情结。是否我们中国人的座次意识特别强烈呢？这倒也难说。看看今日之天下，那绝对是一个由无数各式各样大大小小的排行榜支配的世界。也许这倒又是那个“最中国的就是最世界的”的命题的例证了。

有一回高尔基去见列宁，看到后者正在读《战争与和平》。过一会儿列宁放下书来喃喃自语：多么好啊，在欧洲有谁能同它媲美吗？他停下来想了一会儿，然后微笑着说：

不，没有，没有一个比得上它。我很喜欢列宁这种一定要分个高下的劲头，我在看《红楼梦》的时候，也私下里常有一样偏心的自问自答：全世界有哪部小说能同它媲美吗？不，没有，没有一个比得上它。

这是文化自豪感吗？当然！随你说是夜郎自大也好，政治不正确或变相自卑也好，一个人没有文化自豪感是活不下去的。有时候，我确实觉得一部《红楼梦》就可以让我找回所有的文化自豪感。毛泽东似乎也表达过类似的意思。在《红楼梦》之后，我们同世界文学拉开了差距。后来幸亏有了鲁迅，这个差距变小了一点。从新时期以后，和其他行当一样，文学领域兴起了赶英超美的热潮，我们终于开始和世界文学接轨了，很多人对诺贝尔奖的兴趣越来越大。实话实说吧，就纯文学而言，进步是有的，尤其是上世纪九十年代以来，虽然水分不小，形势确实是在不断好转。如果要搞个世界文学一百零八将的话，我们的王安忆、韩少功、莫言肯定是可以挤进去的，至于是天罡还是地煞那就难说啦。对此我们可以持审慎乐观的态度。

一旦把目光转到通俗文学的领域，情况可就大大不妙了。我们的侦探小说、冒险小说、科幻小说长期以来一直乏善可陈，既不能满足广大人民群众自改革开放以来不断扩大的文化胃口，与国力的增长更是很不相称。我一直顽固地认为中国文学与世界差距最大之处不在纯文学，而在通俗文学上头。这方面我是个绝对的悲观主义者，沮丧得很。中国文学要想腾飞，光靠纯文学是不行的，就像体育要腾飞光靠国家队是不行的一样。当然也不能说一点希望都没有，去年朋友向我推荐了代表国内通俗文学最高水平的某畅销作家。一看之下，感觉不错，就把所有他的作品都找来看了。当时确实感到颇为欣慰，当然也有急切地要支持国货的心理在里头，觉得该作家同我老早看的谢尔顿、希金斯、格里塞姆有得一比。问题是，我已经有好一阵没有看国外的通俗小说了，我们在进步，焉知人家不在进步？果然，不久前读了一本丹·布朗的最新出的《达·芬奇密码》，就知道自己还是为本土的通俗小说高兴得太早了。

（二）

丹·布朗，一个没有多大名气的惊悚小说作家，教师出身，先前有过三部作品，反应平平，在好手如云的西方畅销书界算是个新面孔。今年三月《达·芬奇密码》出版后，一下子登上《纽约时报》等各大畅销书排行榜的榜首，一时好评如潮。这真是一部非常好看的小说，既混合了谋杀、侦探、解谜、悬疑、追捕等常规的畅销要素，又加进了大量艺术史、宗教史、象征学等文化佐料。令人惊叹的是，他把那些高级调味品撒得恰到好处，丝丝入味，与惊心动魄的故事完全融为一体。这可不是等闲的本领。

哈佛的艺术史和宗教象征学教授罗伯特·兰顿正在法国讲学，半夜里他被法国国家司法警察局（DCPJ，相当于美国的联邦调查局）的人从旅馆里叫醒，请他协助一起血腥谋杀案的侦破。他们来到犯罪现场——卢浮宫的大画廊，死者是卢浮宫博物馆的馆长，雅各·索尼埃，也是著名的象征学学者。为什么偏要叫兰顿这么个美国教授来？第一，他是索尼埃的日程表上最后要见的人。第二，索尼埃的死状恐怖邪异，他被枪击中胃部，可是在生命的最后几分钟里，他竟把自己全身的衣服剥去，仰面朝天躺在地上，四肢伸展开来，做成一个达·芬奇“维特鲁威人”（VitruvianMan）的姿势，用手蘸自己的鲜血在腹部画了一个五角星，还在身旁写下几行谜样的数字和诗句：

13—3—2—21—1—1—8—5

O，Draconiandevil！

Oh，lamesaint！

索尼埃是在用这些词句和符号告诉人们关于他死亡的原因和凶手的线索吗？既然死者本身精通宗教、美术史上各种图像符号，那当然用得着他这一行的专家来解读这些符号的意义。可是法国警方似乎还有一些瞒着兰顿的东西，警察头子法歇是个骄横强悍的家伙，急于毕其功于一役，对此案又怀着某种阴暗而不可告人的目的。

这样的开头，当然也不错了，但在我这样熟读大量惊悚小说的人眼里，只能算是平平。要想吊起骨灰级读者的胃口，还要有更好一点的招式才行。但是别急，令人眼睛一亮的人物马上就要来了。一个穿着随便的年轻女子不顾守卫的阻拦，迈着风一样的步伐穿过了警戒线，在法歇的恼怒中昂然登场。这位贸然闯入的苏菲是DCPJ密码破译处的探员，她告诉法歇那组数字她已经破解，就是数学史上最有名的斐波那契（Fibonacci）数列。数字重新排列后，变成1—1—2—3—5—8—13—21，每一个数字都是前两个数字的和，就那么简单。

仅此而已？死者在和活着的人开玩笑吗？在苏菲向法歇解释密码的同时，她交给兰顿一个电话号码，说是美国大使馆托DCPJ转给兰顿的口信，有要事需兰顿马上给美国大使馆打电话。兰顿接通了这个号码后，发现那是苏菲家的录音电话，里面录好了苏菲几乎是耳语一般的声音：

“兰顿先生，不要对这段话作出任何反应，冷静地听下去，你现在身处危险的境地，请完全按照我的吩咐去做。”

看到苏菲这个干净漂亮的暗度陈仓，我便知道自己是肯定放不下这本书了。在暂时避开了其他警察耳目的盥洗室里，苏菲向兰顿出示了凶杀现场的真实照片，那上面有着被警察们悄悄擦去的最后一行文字："P.S. 找罗伯特·兰顿"。苏菲说，布歇认定了兰顿就是凶手，设计了"协助破案"的圈套，不动声色地请他心目中的嫌疑犯到现场，一面听兰顿的讲解和意见，一面暗暗观察他的表现，然后准备一举把他拿下。

只有苏菲知道兰顿肯定是无辜的，只有她知道那个"P.S."不是"又及"的意思，而是她自己的昵称的缩写，因为死者正是她的祖父。《维特鲁威人》是苏菲最喜爱的达·芬奇作品，那一串数字是为了把 DCPJ 密码破译处卷进来，是濒死的索尼埃向苏菲发出的最后召唤。索尼埃要苏菲找到兰顿，是要他们一起合作寻找发现一个被保存了几千年的事关人类命运的重大秘密。

(三)

这个世界，秘密是太多了，因为谎言太多。我们其实就是生活在无穷的秘密之中，每个秘密都很难说和人类的命运无关，久而久之，难免麻木，任是惊天大密，充其量也就是姑妄听之。而且，所谓的秘密，说来说去也就是那么几种类型，令人生厌，最多骗骗那些天真而轻信的菜鸟。说来也奇怪，很多人明明知道所谓的秘密多为无稽之谈，却还要傻头傻脑地趋之若鹜，甘之如饴。是自欺，是无聊，还是因为永恒的窥视欲？有一点是可以肯定的：有无知，就有秘密。

秘密本质上是雷同的，相似的，乏味的，通向秘密的道路却各有巧妙不同。看悬疑惊悚小说，外行就像那个猴急的贾瑞一样，总是急不可耐地要直奔大结局，完全不解风情，老手却更注重推理和解谜的过程。此中的真味，和世界上的很多事情一模一样。在这一点上，丹·布朗干得很出色。

比如说，那个死者在地上用鲜血写就的数列，固然是要把苏菲卷进来，如果和下面的诗句结合起来，难道不是暗示那些字母也要重新组合？果然，这是一个字谜，谜底是一幅绝世名画，至于是哪一幅画，大家可以自己动手试一试。不过，我最佩服的是在小说的后面，这串数字竟然又被用了一遍。根据名画背后的钥匙，兰顿和苏菲来到瑞士银行的密室，外面追兵马上就要破门而入，情形十分危急，里面的保险库却要取物者输入十位数字的密码，而且只允许输入一次。就在电光火石的瞬间，兰顿终于想起了那串数字：1332211185。够聪明吧？不，还有更聪明的人。就在他要按下确认键的当口，苏菲挡住了他，把数字修改为1123581321。想得明白吗，为什么后面的数字是正确的？这绝对是神来之笔，最妙的是作出正确的选择根本不需要额外的知识，只需要一点点人人都知道的常识和最合乎逻辑的推理。

上面说到的名画还只是层层叠套的无数画谜的开始。在这些画中，不仅暗藏着通向秘密的钥匙，画中的人物和意象还隐藏着一些尘封已久而又与本书主旨密切相关的故事。这些画都出自达·芬奇之手。布朗研究艺术史和地下宗教社团史多年，他告诉我们，达·芬奇表面上是个虔诚的教徒，兢兢业业为教皇服务，骨子里却是个绝对的异端。他是长期饱受教廷迫害的一个地下教派的首脑。这个名为 Priory of Sion 的秘密社团，成立于一〇九九年，它的使命是坚守和捍卫一个两千年来教廷既恨且怕，竭力要摧毁的一个关于基督的秘密。这个秘密是——哈，我不是说过嘛，重要的不是秘密本身，更何况我早已坏了规矩，把小说的秘密抖露得太多了。

这个秘密据说是真的，从本世纪以来，已经出现在不少的电影、小说和戏剧里了，像卡赞察基斯的《耶稣基督的最后诱惑》，艾柯的《福柯摆》，韦伯的《耶稣基督超级明星》都对此有明确或间接地涉及。不少学术的或准学术的著作也把它当作严肃的课题来研究，代表作有迈克尔·柏坚特（Michael Baigent）等人的《圣血和圣杯》（Holy Blood，Holy Grail）。至于 Priory of Sion，随便用 google 查一下，就可以得到几千个结果。根据在法国国家图书馆发现的秘密档案，Priory of Sion 的历届掌门人都是人类文化史上闪闪发亮的巨星，除了达·芬奇，还有波提切利，牛顿，雨果，德彪西等人。是什么样的渊源把这些大师们连接在一条血线上？

就拿达·芬奇来说吧，这当然是个在任何意义上都远远超越他的时代的人。按照布朗的说法，达·芬奇的思想和他所要保护的秘密既不能容于当世，就只能用他的艺术作品来隐晦地表达，所以他的绘画作品中到处都是暗藏的象征和密码。比如《蒙娜丽莎》，为什么要把人物背后左面的地面画得比右面低？因为画家要让她从左面看过去显得更大，更庄重堂皇。左是代表女性的，达·芬奇骨子里是个女性主义者，所以要从“左”的一面来弘扬女性。如果这听上去有些牵强的话，现代电脑扫描的结果发现蒙娜丽莎的面部和达·芬奇的自画像有很多相似之处。达·芬奇为什么要把自己画进一个永恒的女性形象？因为他要用这种方式隐晦地挑战以基督教为代表的西方男性霸权话语。蒙娜丽莎既不是男的，也不是女的，她／他是一个雌雄合体，这是达·芬奇心目中人性最理想的结合方式，男人和女人平等地融合在一起。从字源上来看，古埃及的生殖男神叫 AMON，生殖女神叫 L’ISA，稍微玩一点变体的游戏，合在一起的话，就变成了 Mona Lisa。

还有更惊人的，仔细看看那个有史以来最伟大的壁画。我们都知道这是一顿一个男人加上十二个男人的晚饭。可是再好好看看紧挨着基督右手的那个人，这个一头秀丽红发，双手宁静交叠，胸部微微隆起的漂亮门徒真是男人吗？这个人的衣服和基督的衣服仿佛互为镜像，一个穿红袍蓝篷，一个穿蓝袍红篷。他俩的髋部好像是碰在一起的，但是上半身却似乎有意拉开一点距离，构成一个V字的形状。在象征学者的眼里，V长期以来一直是和一些女性的意象密切相关的。

奇怪的是，几百年来很少有人注意到这一点，也许，太伟大的作品和过分强大的传统总是会让我们都瞎了眼。可是，现在人们终于开始注意到这个人了。一些研究者说，她真是女人，她就是有名的抹大拉（Mary Magdalene），圣经上说她是个妓女，被基督所拯救和赦免。再看一下画中俩人的姿势，他们俩的身体轮廓连在一起犹如一个大写的M。现在有人相信他们之间的关系不那么简单，长话短说吧，他们结婚了，而且生了孩子，血统一直延续到今天。

瞧，一不小心，这个秘密又被我绕回来了。看来在秘密面前，我们实在是无处可逃。不过放心，小说中天机多多，稍微在这里泄露一二是不会严重败坏未读者的阅读兴趣的。而且这些所谓的秘密，本来就是严重争议的话题，足够写好些篇博士论文了。达·芬奇专家会争辩说，不对，最后的晚餐上哪里有什么女人，那根本就是约翰，达·芬奇在原作的草稿上画得清清楚楚，每一个使徒都标上了姓名。如果真是抹大拉的话，约翰到哪里去了？难道基督和达·芬奇竟会弃约翰而不顾？那可是主最心爱的使徒啊。

假作真时真亦假，还是别认死理了，让我们充分享受阅读的乐趣吧。《达·芬奇密码》虽然穿插了这些宗教和艺术史的知识，但作者讲得清晰明快，完全不影响故事的高速发展，读者很可以充分地得其要领，绝对不会有摸不着头脑的感觉。相形之下，像大名鼎鼎的学者艾柯写的《傅科摆》，也是涉及基督和抹大拉的故事，他是这个领域方面真正的行家，十分细致严谨，表现的主题当然远比布朗要丰富深刻得多。《傅科摆》应该是最出色的学者小说了，可是读起来实在艰涩沉闷，那种刻板的学究气是怎么都掩饰不住的。说老实话，在领教过《傅科摆》之后，看到学者们写的小说，我总是心存敬意，掩鼻而逃。

（四）

这就触及到我长期以来的一桩心事。我是一个文学系的教师，我在课堂上教学生细读乔伊斯、叶芝、卡夫卡、艾略特、海明威。我剥笋抽茧地给他们分析大师们的主题、象征、风格、修辞，细到毫发，自己也蛮觉得像回事，仿佛是把妙处都发掘钩引出来，把自己都讲晕了。可奇怪的是，回到家里，除了备课和为了写论文完成工作量以外，我很少会有主动要拿一本什么名著出来倚在床上细细品读的愿望。我还是很爱读小说，可是能让我一个饿虎扑食地抢来看的，能让我挑灯夜读的，大多是通俗小说。

我常常而为此感到惭愧。到底是怎么回事？我出了什么毛病？或者说这是文学系的毛病，甚至是纯文学本身的毛病？很难说。但是有一点我算是想明白了：我对通俗文学着迷，与我童年少年时期的阅读经验大有渊源。我小时候狂热阅读的作品，像《野火春风斗古城》、《林海雪原》、《敌后武工队》等等，全部同惊心动魄的斗争有关：人物是平面的，性格是简单的，敌人是凶恶的，斗争是激烈的，情节是曲折的，刺激是强烈的，胜利是最终的……这和西方的惊悚小说有什么本质的区别吗？那是文学最稀缺的年代，也是我个人历史上最热爱文学的年代。这种热爱的程度，同上瘾没有什么两样。我口味就那么早早地被定型了。用心理学的术语来说，我的大脑皮层对刺激所需的阈值早就被提得很高，等闲的刺激根本就不起什么作用。既然今天这些老作品已激不起我的阅读兴趣，我当然会本能地寻找和它们同属一类但却更加“杀根”的东西来看，那就是西方的通俗小说。

《达·芬奇密码》让我有一种特别的怀旧的感觉，因为通篇没有那些西方通俗小说中常见的性描写，文笔清新干净。以作者的才情，他根本就不屑于写那种无聊的东西，这才是真正的高手风范。像谢尔顿、柯林斯、华莱士之流，总要弄些和情节毫无关系的恶心吧唧的下流场面来糊弄人，令人望而生厌，早已为我所唾弃。布朗不但不写性，连爱情都几乎不写。兰顿和苏菲是那样地相互救助，生死与共，却只是到了小说最后才有一点点微弱的爱情表示，这实在是太对我的胃口了，因为我过去最爱看的革命战争小说中的爱情，就是这么纯洁，这么朦胧。

读《达·芬奇密码》，就是我怀念自己童年的方式。

当我们同在一条船

《三人同舟》是英国幽默小说的经典之作，自十九世纪末问世以来，已有将近百年的历史，却能始终受到人们的喜爱。作者季洛姆·K. 季洛姆（一八五九——一九二七）是十九世纪末期英国小说家和戏剧家。他十六岁就出外谋生，做过铁路职员、教师、演员、记者等等。后来从事写作，主要以幽默作品闻名于世。《三人同舟》是他的名作。这部作品写三个伦敦的年轻人带了一条小狗，驾着一只小船，沿着泰晤士河到处漫游。他们天性淳朴，热情开朗，又自以为是，不通世故人情，所以到处都能找到乐趣，也到处出尽洋相。

这本书风格清新健康，语言诙谐，笔调轻松自如，略带夸张，非常能体现英国人的幽默风格。它并没有精心设置的故事情节，没有刻意描绘的人物，倒更像是一段段松散的游记和人物速写随意穿织而成。惟其如此，更给人以妙手天成的感觉。作者好像是在同你随意聊天，谈谈河上的风光掌故，主人公在当地的遭遇，即兴穿插一些过去的有趣经历，多半有惊无险。有时也拿人情世态和朋友们的弱点开开无伤大雅的玩笑。虽然结构松散，却始终引人入胜，令你会心微笑（有时是哈哈大笑，甚至笑破肚子，小心啊!）。那种妙趣横生的英式幽默，别有一种隽永的味道。

小说一开始就非常吸引人。身强力壮的“我”，因看了药品广告，而感觉自己百病缠身，虚弱不堪，活灵活现地勾勒出我们普通人善于疑神疑鬼的心理。后面进一步写出各式各样无伤大雅的死要面子、自我吹嘘等众生相。里面专门有一章，用夸张的手法写泰晤士河的钓鱼者层层加码、无所不用其极的吹牛手段，看了真是让人忍俊不禁，又给人一种生活中似曾相识的感觉。有一章写德国著名悲情歌手作表演，恶作剧者预先告知大家此人是滑稽歌曲大师，结果大家硬要不懂装懂，把悲伤的歌词当做滑稽的笑话来理解，闹了一场大笑话。但是作者并不是要对此作出恶狠狠的批判，而是对人类天性的一般弱点进行善意而宽容的调侃。整部小说洋溢着一股乐天好生的情绪。里面的三个主人公也是缺点一大堆，或贪吃贪睡，或盲目自信，有时发发懒病（我们又有谁不是这样呢?），但他们都热爱生活，都取一种天真而不世故的态度。在他们之间相互的挖苦打趣之中，也正体现着一种健康的心理。看完这部小说之后，你必有这样的结论：幽默是人性的良药，或者就是人性本身。

这部小说中有一股浓厚的怀旧情绪，体现出作者对安静、宁和的生活方式的向往，以及对不断崛起的现代文明的忧虑。因此很多描写中又隐含着种种哲理的味道。书中有一段这样写道：

> 我喜欢看老船夫划船，尤其是那些按小时雇佣的老船夫。他们划起船来，姿态优美安闲。他们从来不烦躁，不匆忙，不同人家作激烈的竞争。须知那种竞争已经成为十九世纪的越来越严重的通病。他们从来不会很紧张地想要超越别人。

这种想法在今天看来更是值得参考。现代社会更强调严酷竞争，世界上到处都洋溢着一股对抗性的紧张和焦虑的情绪。“多一些”、“快一点”、“超过人家”，诸如此类的声音总是在我们耳边不停地回荡着。在这方面，译者对季洛姆实在是心有戚戚焉。我也很想对大家说：慢一点，慢一点，再慢一点。

译者小时候学英语的时候，即以简写过的《三人同舟》为课外读物，虽然当时对我来说生词极多，但因为可读性强，吸引我硬着头皮一口气看到底。结果于我英语大有补益。所以心中对这本书及其作者始终怀着好感。到最近才得到这部书的英文原本，一看之下，感觉依然美好，于是下决心把它译出来，也是重温旧梦的意思吧。翻译过程中，因篇幅限制，删除了个别章节中比较平庸和沉闷的一些段落。总体上，依旧保持了原书的全貌。

爱恨梁羽生

真正的武侠迷是绝不会把金庸与梁羽生相提并论的。可是说句公道话，梁羽生倒也有不少超过金庸的地方：下海比金庸早，作品比金庸多，作品中的诗词比金庸多，书名比金庸起得漂亮潇洒。特别是这最后一点，我于金庸是腹诽很多的，什么“鸳鸯刀”，“碧血剑”，多俗气，简直教人怀疑到他的才情。而梁羽生就大不一样了。我最喜欢的书名（可不是书本身）是“七剑下天山”，这“下”字用得好，给人的印象是世外高侠神仙似地“翩翩而来下”，说不尽的风流，道不完的潇洒。当初我听说这书名，而未能见到此书之时，真是神往得不得了。及至找来一看，方知世上有许许多多的东西其实是为盛名所累。“七剑”之中只有凌未风有些神采，可惜活脱脱是个清朝初年中国的牛虻。从开头少年凌未风吃刘郁芳的耳光受冤屈开始，到后来凌未风脸上的伤疤、韩总舵主这样的情敌、狱中对看守传播革命道理而至的感化、越狱的失败、最后的书信，无一不是对《牛虻》的生吞活剥。说实话，倘若不是我在“文革”期间把《牛虻》连着看了七遍因而目光如炬的话，本人对《七剑下天山》的评价本来是要高得多的。

像“剑网尘丝”、“冰河洗剑录”、“鸣镝风云录”这样的名字，很棒吧？可惜内容还不如《七剑下天山》哩。

这正是爱之深而责之切。我对梁氏的作品是有感情的。我第一部接触的新派武侠小说就是他的《白发魔女传》。那还是在一九七九年，大陆武侠狂潮新起之时。当时的江苏省文联主席到我家来玩，带来一叠名叫《南风》的广东小报，上头正在连载这部作品。我现在回首当年，把一生中给予我巨大冲击的事细细一排，这一事件当可排入前五名内。由于缺乏新派武侠的阅读经验，竟把开头武当的那个姓耿的弟子误以为是绝顶高手而乱加佩服（后来才知道，开头出现的总是小角色），仅仅是因为他会一手霹雳连珠弹（一种最低档的暗器）。当看到“今晚陕南五股剧盗要齐集此地”时，头发都竖了起来，其实用后来的标准来看，所谓“剧盗”云云不过是些小土匪而已。待情节发展到宫廷内乱，卓一航“长身玉立”，与大内高手比拼，使出武当七十二手连环剑的时候，我已坚实奠定了今生今世对武侠小说的热爱。至于几年后终于见到此书的足本，并且实在看不下去，那又是另一回事了。

紧接着，又在《风采》杂志的创刊号上看到了《萍踪侠影》的第一回。里面最玄乎的是云蕾用满天桃花作暗器，击落飞舞的蝴蝶。于是绞尽脑汁去搞来《风采》的第二期，可上面又没有再登下去。恶劣啊！《白发魔女传》也只看了个开头便不见下文，把人急得要发疯。那年头，内地要弄到一部足本的武侠小说可不是容易的事。君不见《射雕英雄传》曾经被人为地拆成二十卷，再以每卷一元一天的高价出租。

时至今日，我仍然以为《萍踪侠影》是一部杰作，而且是梁羽生浩瀚作品的两大高峰之一（另一部杰作是《云海玉弓缘》）。情节很棒，结构很紧凑，一点也不像他后来的那些作品那么松散拖沓。主人公张丹枫的名士派头也写得恰到好处，并不给人酸溜溜的感觉。当然，开头云蕾与张丹枫见面的那一段，张的佯狂稍微做作了一点，但是后面给云蕾讲故事的那一段就分明有些大手笔的味道了。评论家多认为梁羽生擅写名士型的侠客，我看也就是张丹枫写得好一些。像后来的《狂侠天骄魔女》中的笑傲乾坤华谷函这号人，假模假样的，面目可憎。

《云海玉弓缘》也是我极喜欢的。这部作品写情写得好，可算是一部成功的言情小说吧。我对厉胜男独特的表达感情的方式可说是激赏。她不惜一切代价也要把金世遗搞到手，这个代价是生命，她成功了。我们一开始肯定会讨厌她，可到最后却要为她掬一把泪。《云海玉弓缘》里的武功描写就不太灵光了，这是梁羽生的弱项。“天魔解体大法”还不错，可“毒雾金针烈焰弹”又是什么玩意儿呢？是手榴弹还是燃烧弹？第九重的“修罗阴刹功”也稀松得紧（后来的“龙象功”居然有十几重，真不像话）。而且梁羽生每部书中的武功往往雷同。仔细观察一下，不难发现其中出现频率最高的是“倒弯腰，斜插柳”（用来躲闪对方的进攻）、“大须弥掌”（当敌人比自己强大时，只要此掌法，一定可以撑下去）、“大摔碑手”、“天山神芒”（一种暗赤色的极厉害的暗器），等等。

梁羽生写不出大高手的风范与气魄（这是武侠小说里最吸引人的东西），这倒也罢了，他把读者也当傻瓜，老是跳出来一遍又一遍地向你解释那些大家都很明白的东西，譬如像“梁子”、“招子”、“风紧，扯乎”这类浅易的术语。最叫人倒胃口的还是他那贯穿所有作品的硕大无朋的江湖家族历史谱系。大侠们不光具有老鼠般旺盛的繁殖能力，本人也都很不容易死掉。此部作品的主角（如唐晓澜、唐经天之流）已经让你厌倦了，还会再窜到下一部、再下一部、再再下一部中死乞白赖地过把瘾，直到把梁先生的作品同作者的忍耐力一道拖垮。

话是要说回来的，梁先生的作品是我的“初恋情人”，这种爱和恨是要带进坟墓的。我永远忘不了《白发魔女传》那个开头，以及大部分梁先生作品的开头。

古龙印象

到今天为止，有两个作家的作品，只要我见到而又未读过，则没有任何东西可以阻止我一口气把它从头看到尾。

这两个作家，一个是金庸，一个是古龙。

古龙比不上金庸，这是肯定的；古龙是唯一一个和金庸处在同一数量级的武侠作家，这也是肯定的。

论才情，其实也许古龙并不比金庸差。问题是他没能悠着点儿，写得实在是太多了（一千万字！）。要是古龙多活几年，要是古龙穷其一生只精雕细刻出十三部作品，会是怎样的情景？

我们不敢想象。

能在金庸之外，另辟一片新天地，这是否需要比金庸更高的毅力？

我一九八三年第一次读到古龙的作品。当时金庸全集除《越女剑》外已通读完毕，对各类邪派及二三流武侠小说已全无兴趣。真个儿是曾经沧海难为水，拔剑四顾心茫然（是不是像古龙小说中的寂寞高手？）。就在这时，古龙在我的世界中出现了。一部叫《陆小凤》的小说令我在中文系资料室的书架前站了整整一天（没有凳子）。当时一则以惊喜：怎么还有这么写武侠的？一则以不习惯：怎么可以这么写武侠！梁羽生和金庸作品中的历史背景到哪里去了？武功套路招式呢？内功呢？“正面人物”陆小凤怎么可以色眯眯贼忒兮兮？女人怎么可以写得都像是粉头呢？等等等等。就这么一面抱怨，一面激赏，陆陆续续地也就几十部看下来了。到现在，也还是这个态度。

有一件令我高兴的事：古龙的小说到今天我也没能全看完。这就叫人还有个盼头，有个念想。前两天在书摊上看到要出古龙全集的广告，心里很不是个滋味。

在古龙的小说里，一切都被虚化了。有一条真理不可不知：虚即是玄。而任何东西只要一玄，味道就来了。中国画的“空白”也就是这个意思吧。所以，有人说古龙西洋化色彩浓（暴力啦、色情啦、悬念啦）。错了。古龙是最中国化的，他最懂得东方文化的真髓。陆小凤学的是八卦掌还是形意拳？不知道。我们只知道他对付任何东西（拳头、刀剑、暗器等等）都只用两根手指轻轻一夹，只知道“没有任何东西能够形容这两根手指的速度”。其他的东西，你自己想去吧。所以古龙重在写意，而且是大写意，而非工笔（像白羽、平江不肖生这样的就是典型的工笔）。

古龙就是凭着这手写意的绝活把一些大高手的气派写活了。像李寻欢，刀即是人，人刀一体，超凡入圣的武功中焕发着伟大人性的光辉。这就是一流武侠小说作家比二三流武侠小说作家高明的地方。对互相敌对的真正的高手，古龙一定要在他们的生死相拼之外写出他们之间的相互的尊敬与理解。当快活王的手下用鄙夷的口气向他报告王怜花如何在绝境中为求生去喝他们用粪便污染了的水时，本意想讨讨上司的好，不料快活王却神色一凛，严肃地说："若是换了本王，多半也是要喝的。"

古龙写反面人物，不仅超过梁羽生，甚至在某些方面也超过了金庸。《血海飘香》里的妙僧无花，杀人如麻，但风度气质俱是极品，琴棋书画无所不精，而且深得佛门三昧，临死前仍作拈花微笑状，给人这么一种感觉，似乎真正的高手是注定要超越善恶的界限的。比较一下《天龙八部》中的鸠摩智，前面光彩照人，最后灰头土脸，不能全始全终。岳不群也是如此。

放眼全世界古往今来一切小说，古龙小说情节在波谲云诡、千奇万幻方面是一定拿得了第一的。什么谢尔顿、克里斯蒂、桑德斯，那简直是小儿科。不过，如果说金庸小说情节发展如沧海横流，则古龙营造的是一座座空洞无聊的迷宫。奇则奇矣，其实花招也就是屈指可数的那么几手。无非是计中计（用高等数学的术语来说叫作递归）加上永不停息的“逆转”（好人变坏人，坏人变好人），古龙早期的作品，如《孤星传》还好用易容术一类拙劣的手法来制造情节，这种事情只有陈青云这些人才干得出来。古龙作品的缺点多得快要赶上它们的优点了。最触目惊心的是自我抄袭的地方太多。写人恐惧，则必定要呕吐；刺客杀人之前，瞳孔一定要收缩；女人一律是笔直结实修长的两腿，男人挺拔，一定“像一杆标枪”，等等。古龙的句式是美的，如诗，如散文。但如果老是这一套，真有些叫人吃不消。而且他的动不动就分段分行，也有些叫人疑心是不是在讨巧以存心拉篇幅骗稿费。

更糟糕的是，这种“古龙文体”影响了整整一代人，你若不信，请细细品味本文开头几段的文风。

像金庸一样好看

什么东西会让我们俯首膜拜呢？浩瀚的星空，巍峨的珠峰，贝多芬的第九交响曲，普鲁斯特的《追忆逝水年华》……这世上能让我们惊叹的东西是越来越少了，能让我们惊叹的书则更少。在我们这个图像声音的年代，想用文字来让人感受震撼，一个字：难！所以，当真的有这么一本书放在我的面前，让我欢喜，让我赞叹，让我敬畏，那种久违了的感觉实在是难以言表。如果我再告诉你这部令我震撼惊叹的书是一部通俗畅销作品，一部科幻小说，你能相信吗？

这本书名叫《沙丘》，是弗兰克·赫伯特的“沙丘系列”的第一部。“沙丘系列”的故事发生在极为遥远的未来，那时人类已经进化到把电脑都废弃了，跨星系的旅行可以通过心灵感应在瞬间完成，人类的足迹遍布整个宇宙。人类的文明由帝国、星际运输行会、杰斯特姐妹会和各大星球家族共同支撑。帝国元首沙丹四世把亚崔迪家族的领主李托公爵派遣到宇宙边际一个非常孤寂荒凉的行星——阿拉吉斯，又名沙丘。这个小小的星球几乎滴水不存，表面遍布岩石黄沙，气候极为恶劣，人要在上面生存非常困难，但它却是整个宇宙中最为令人瞩目的一个地方，因为它出产一种神秘的香料，人服用这种香料可以开启心智，延长生命，甚至具有预见未来的能力。因此沙丘成为宇宙间各大权力集团的角逐之地，谁控制了香料，谁就控制了宇宙。李托公爵被派往沙丘其实是个阴谋，亚崔迪家族的世仇哈肯能家族勾结沙丹四世发起袭击，杀害了李托公爵。公爵的儿子保罗和他母亲杰西卡逃往沙漠深处，得到了沙丘的土著弗瑞曼人的保护。弗瑞曼人长期被哈肯能人剥削和压迫，他们认为保罗就是沙丘的弥赛亚——弗瑞曼人传说中的救世主。于是保罗开始领导费瑞曼人同星际各大势力展开了激烈的斗争。

荒诞吗?《沙丘》里面所有的人和事比我上面干巴巴的简述还要荒诞得多。但是你如果把全书好好读一遍，就一定不会发出那样的抱怨，因为那里面所有的细节都真实到了令人目瞪口呆的地步。比如说，小说里会漫不经心地提到奇异的未来世界里的一些奇异物品，像沙虫、啸刃刀、个人防护屏、扑翼机等等，所有这些物品都极其自然地镶嵌在这个世界中。每一个人物都有自己的历史，每一个物品都有自己的来历，所有人和事的要素都相互交织，相互指涉，构成一个完美的整体。在小说原著的最后有许多附录，其中一篇是对沙丘的整个生态环境的系统研究，涉及阿拉吉斯的地理、动植物、气象、矿产等等，光是这篇“论文”的“学术性”就够令我大吃一惊了。另一个附录就像一部词典，收录了几百个词条，对整个沙丘世界中的物品和人物进行描述和说明。还有一个附录也令我非常着迷，那是一篇整个人类历史的大事年表，从人类的起源，基督的诞生这样一路记下去，一直记到几万年以后。时间横跨几万年的小说，不多见吧。要把几万年里面的事情说得有鼻子有眼睛，这种能力同上帝创造世界的能力应该可以比一比了。

从前我把金庸看成是我们这个世界通俗小说的第一高手，并且很为西方出不了金庸而心中窃喜。读了《沙丘》以后，我才开始领会金庸小说中的一个重要精神，那就是千万别说谁谁是什么什么的第一高手，武林中山外有山，天外有天，小说界料也不例外。《沙丘》背景宏大壮阔，情节极为细致复杂，往往是一个大阴谋套着无数小阴谋，而小阴谋又指向大阴谋，悬念与突转层出不穷。在故事的生动复杂方面，《沙丘》同金庸的小说有得一比。《沙丘》又不仅仅是一部科幻小说，这里面有政治、经济、军事、宗教、生态学、未来学等等，更把人性、人的本质、人的目的放在一个宇宙的尺度上进行终极思考，这个规模恐怕又是金庸所不及的了。

如此旷世大作，国内学术界和文学界却一直罕有人知，恐怕也是囿于某种偏见吧。但是非常有趣的是，这部作品在广大青少年朋友中，却是知名度极高，因为《沙丘》被改编成红遍全球的即时战略游戏的鼻祖《沙丘魔堡2代》，从此衍生出的《红色警戒》、《命令与征服》几乎成为每台电脑上的必装品。不过，对于《沙丘》的原著，玩游戏的朋友也大都只闻其名而已。今年这部杰作终于有了中译本。这是我这几年看到的外国科幻小说中翻译得最好的一部。我这里"翻译得最好"的意思是说，文字还比较通顺，可以看得懂。我看过一些近年科幻小说的译本，恕我直言，大都胡乱翻译，令人不知所云，非常难受。有一部非常有名的描写网络的科幻小说，翻译过来以后，几乎没有一句可以让人看懂。现在这部《沙丘》翻译成这样，已经让我喜出望外了，唯一的遗憾是删掉了书里的一些附录。原作的文字非常艰深，更有大量作者自创的名词。我在亚马逊买过八卷"沙丘系列"，以我对"沙丘系列"如此的热爱和敬服，读到现在，也才硬着头皮啃到第三卷《沙丘的儿女》。《沙丘》我倒是读过好几遍，也希望第一遍读了不感兴趣的朋友能反复阅读，直到喜欢为止。

老作文

我在一九七六年进南通中学。应该说，我赶上了好时光。那是一个冰河解冻、万木竞发的美妙年代。可是对那时候的中学生来说，有些东西慢了半拍。或者说应该慢半拍？想想现在的中学生吧，他们好像比时代还要快半拍，这就是新老中学生的不同吧。

回想中学里的自己和周围的同学，纯洁、敏感、脆弱，有着过分极端的善恶意识和理想主义信念，渴望并强烈依赖友谊。自卑（我想那是由于男女同学交往的极度匮乏引起的，到了高中，男女同学几乎就完全不说话了），由此而引起自傲；因为自傲，便滋长了自我和个体意识（以及存在主义式的孤独？），可是这种个人主义的萌芽又和当时周遭的集体主义精神相牴牾，由此而产生的张力足以令一个稚嫩的中学生昏头涨脑，不知所措。

坦率地说，我们的中学时代就是在这样一种精神压力和紧张中度过的，基本上乏善可陈，和现在的小弟弟小妹妹们几乎不可同日而语。不过，我们也不能说完全没有好时光。

我不知道那时别的同学的幸福是什么，对我来说，幸福就是上作文课，作文课就是我的阳光。

我这里不能不提到我的两位恩师：初中时代的陆天根老师和高中时代的杨建勋老师。对我来说，语文老师（也许还应该加上语文课代表）具有一种特殊的魔力，使我产生特别的认同和依赖。这种魔力一方面来自他们个人的气质和禀赋，另一方面很可能来自文学和写作的伟大力量，这种伟大的力量把我从那种紧张和不安中解放出来，哪怕是仅仅在短短的作文课上。

记忆中的陆老师永远是一件黑色的打补丁的老棉袄（当然实际上不会总是这个样子），双手笼在袖管里，抱着厚厚一叠作文簿，好似抱着十世单传的婴儿。陆老师略带一些口音，却使他的讲课更为亲切感人。

初中的作文我现在一篇也没有了，但是我却记得我第一篇作文的内容，记叙的是我们在校办工厂勤工俭学做味精的事情。我在里面提到了自己的一个小发明创造，可以提高味精装袋封口的速度。我还对味精细腻洁白的样子进行了一番画蛇添足的描述。为什么我还记得二十四年前的这篇作文呢？因为陆老师给了我一个惊人的九十分，再加上浓圈密点，和将近半页的红笔评点。我不知道现在作文的评分标准是怎么样了，在二十四年前，作文的满分是八十五分。作文的评语我也记不太清了，只记得最后有一段是和我商榷的，有一句是“你说呢？”

我对作文课的热爱就这样定下来了。亲爱的现在和未来的语文老师们哪，在批改作文的时候请无论如何不要吝啬你们分数，不要吝啬你们的评语，最好再加上一个“你说呢？”那样的红包吧，你们说呢？

陆老师让我们记日记，但是他却从来没有要我们上交。正好前两天从箱底翻出一本，抄一段给大家看看：

一九七九年四月十九日，星期三，多云

午至北濠饭店用膳，食冬瓜汤，五分。初见临座一妇人，头如狮状，大波浪也，及彼回首，竟满脸胡须。大惊。始知其乃小伙也。悲夫，盖世风日下，人心不古，一至于斯也！

这种半文不白、酸不拉叽、故作遗老状的风格可不是陆老师教出来的。我估计有些少年总有一段时期想装得特别老成，这或多或少也是抵抗外界压力的一种手段。怎么样，是不是有点韩寒的风格？也许我们的中学时代和他们的中学时代还是有一些永恒不变的共同点的。就像一首苏北民歌里唱的那样：

人小，心不小，吃起饭来真不少。

陆老师文学修养很高，经常和我们讲名著。我还记得有一次他在阶梯教室给全校开讲座，题目是“革命的现实主义和浪漫主义两结合的创作方法”。这个题目在现在看来是没有什么意思了，可那还是在一九七七年，而且他讲得很精彩。我还记得他引的一个两结合的例子是毛主席的《咏梅》。九年后，我参加复旦大学中文系的硕士研究生考试，里面有一条题目和陆老师的讲座差不多。不用说，我用上了陆老师给我的现成的例子。

陆老师还有一些和现在的“新概念”作文不太一样的方法。比如有一次国庆灯会，他布置作文，怕我们词汇量不够，抄了一黑板和灯会有关的成语，让我们在作文中逮住机会就塞个把进去。我现在还是觉得，对写作的初学者来说，这是个不坏的主意。我还记得我当时选用的陆老师提供的词汇有“十里长街”、“灯火楼台”、“火树银花”等。不知怎的我特别喜欢“火树银花”这个词。我一直在等待这样一个时机，能把“火树银花”再次塞进我未来的作文中去发挥一次余热。

初中时代我作文的最高成就是在全校作文比赛中拿了个

二等奖。一等奖是得过全国作文竞赛第一的黄宏（不是那个演小品的!）。我的题目是《记戴沪生》，戴是我的小组长和好友，我在里面讲了戴的许多先进事迹，全是胡编乱造，毫无踪影。比如放学了，我劝戴出去打篮球，戴却坚持在教室做功课，并严肃地教育我说“今日事今日毕”。现在回想一下，这是一篇非常丑陋的作文，可却得奖了，奖品是一支双色圆珠笔。我还记得那天中午我是在寺街的姑妈家吃饭。吃完了到学校一看，橱窗里已经贴出了我的得奖作文。当时喜得两腿发软，人都要变形了。我见到同学，还故作镇静地问他们午饭学校里吃的是什么菜，喝的是什么汤。同学们可不是傻瓜，一个叫施勇为的同学笑着说：“我们喝的是二等奖汤。”

今天，哪怕我就是得了诺贝尔奖，也决不会再有那种程度的狂喜了。就算是虚荣心吧，也是一种简单的、纯朴的、透明的虚荣。有些东西，没有了就是没有了。

还是回到作文课吧。陆老师只教我到初二。后来的作文老师给分给得严，我的作文也就没有起色了。直到高中杨建勋老师手里，我才又见到九十分，并开始个人的第二波作文热。

杨老师是通中的大才子。他的普通话极其标准，而且抑扬顿挫，很有节奏感和音乐性。他推动了“银杏”文学社的创立，为我们组织了朗诵小组和影评社，把班上的文学气氛搞得很红火。我还记得他带我们去南通电影院，和那里的影评员搞联谊活动，让我们免费看到了《小花》和《人证》的首映。我记得我有一篇评论《人证》是如何揭露资本主义社会的黑暗的文章，贴在南通电影院的墙壁上。还有一篇是谈《小花》里为什么要在隆隆的炮声中配上那么抒情的音乐，贴出来没有就不知道了。

杨老师还请来《紫琅》(就是今天《三角洲》的前身）的编辑杨问春先生来给我们作文学讲座。杨问春先生说话很直率，他说：

“文学嘛，就是要会骗。”语惊四座。他说，越是好的作家，就越是骗得完美，越是周全，让你觉得全是真的。

现在想想呢，也还真是那么回事儿，像我那个《记戴沪生》可不就是骗人么，不是还拿了个二等奖和一支圆珠笔么，自己骗了人，还浑然不觉。可当时实在觉得杨问春先生的说法太刺激了，有些接受不了，我们同学几个还争论了好久。到底是中学生，有些东西可能还是少儿不宜的。难得的是当时杨问春先生对我们的那种平等的态度。

当时社会上的文学气氛也是极为热烈的，《第二次握手》的解禁，外国名著的再版，《伤痕》、《班主任》的发表，都是我们中学生谈论的话题。当然，当时的人们胆子还不够大，步子还不够快。比如，我记得很清楚，《新民晚报》发表了一篇上海中学生的“有争议”的作文，叫作《“大光明”并不光明》：该中学生到大光明电影院看电影，先是觉得很光明幸福，可是出来的时候看到一个乞丐在寒风中哀诉，就觉得“大光明”也“并不光明”。整整一版的报纸上都是对该生进行批评教育引导的文章。

这种“慢半拍”的感觉当然也反映在语文教材上。当时，“杨朔体”的散文还是至高的典范。“杨朔体”的标准格式是：“我”闻知某地风景独好，欣然前往，结果自然风景未见，却见到祖国建设更为壮丽的风景。杨老师还保存了一些我过去的作文，我随手一翻，就翻到一篇疯狂模拟杨朔的散文，记得也曾在学校的橱窗里贴出来过，是这样开头的：

像天鹅一样伸长颈，张开两翼轻盈地飞翔于银河上的天鹅座，英仙座星灿灿的流星雨，宝瓶座蓝紫色的目视双星，猎户座的α星——有名的变星和红色超巨星……二哥天花乱坠地讲着，我逐渐进入了美丽的幻境中。

然后就写二哥邀我去狼山顶上看一颗新爆发的超新星。结果当然不用猜也能知道：起云了，没看到。可是一转身却看到南通城里乡下路上的“如同白昼”的“万点灯火”，是更壮丽的超新星。

确切一点说，那是繁星在生活的海洋中的一片美丽的倒影……

“今朝始觉眼界开”，我感叹道，太美了——也真怪，平时怎么就半点也不觉得呢？

“这正应了‘不识庐山真面目，只缘身在此山中’这句话。”二哥笑着说。

怎么样，有点禅意吧。今天看来，真让人有点怅然若失。要不是有杨朔的框子，要不是戴着脚链跳舞，天知道我还能走多远？

在我们高中毕业的那一年，杨老师做了两件真正是“快半拍”的事，为我们的中学生涯涂上了最后一抹亮色。一是在我们班组织了班级舞会，另一件就是在作文课上布置我们写一篇小说，第二天交上来。

咱们长话短说吧，这天我回到家里，在一种不可名状的冲动和燃烧之下，一个晚上没有睡觉，一口气写了三篇小说。

第一篇写一个科大少年班的学生衣锦还乡回母校，却倍感失落寂寞，因为昔日的同窗都与他有了距离。

第二篇写“我”在菜市场与一个葛朗台式的菜贩子周旋，后来葛朗台不慎失误，多找给我钱，“我”回家发现后饱受道德的煎熬，最后良心发现去还钱，而葛朗台已在失钱的痛苦中含恨死去。

第一篇差不多没有什么情节（倒是有点像后来的现代派小说），第二篇有了一些情节的雏形和心理描写，虽然矫情得厉害。写到第三篇的时候，越写越顺手，已经欲罢不能，一颗心好似要破壁飞去。巴老说过：创作是一种燃烧。我非常理解他说的意思。他指的就是我那天晚上的那种状态。第三篇的情节是这样的：

文革中，家里被抄，大人失去自由，父亲让八岁的“我”去寄一封信。到了邮局门口，我发现信不见了，回家后谎称信不慎掉进厕所里。造反派来抄家，初一无所得，最后在我书包里找到了那封信。原来此信是父亲向党中央揭发造反派的密件。父亲因此获罪身亡，留下我生活在无尽的悔恨之中。

毫无疑问，这是我一生中写过的全部三篇小说中最好的一篇。语言干净洗炼，结构完整，节奏明快，一点也没有拖泥带水的地方。即使用现在的标准来看，除了题材已经陈旧外，没有太大的毛病。

一天晚上，刚吃过饭，一个年轻人来到我家，手上拿着我的这篇小说，声称《南通日报》想要发表它，但是还要大改，他就是来帮我改的。我激动得浑身发抖。这位年轻人说我的这篇小说有欧·亨利的风格，并预言了一个作家的诞生。直到他临走的时候，我才搞清楚他不是《南通日报》的编辑，而是我们通中的语文教师严青。

很遗憾，我辜负了老师的期待，最终没有成为欧·亨利。我当了一名教师，再也没有写过一篇小说。在后来的日子里，有时候很累，有时候很灰，可有时候也还会想起那个燃烧的夜晚，甚至会鼓起一些余烬，照亮一点点前头的路。

在精神的外省

我们都在努力地生活，我们努力地去适应这个变得实在太快的世界。我们累了，渴了，倦了，淡了。我们的生命在不断地泄漏和损耗，亟需能量的补给。精神有充电器吗？有的，虽然很少。对我来说，那可能是一两本书，比如说张炜的《外省书》。

这是一部非常精致的作品，那种晶莹剔透的纯美的风格让人想到音乐。全书结构严整均衡，很像音乐中的变奏曲式。整部小说十一章以十一个主要人物命名，犹如英国作曲家艾尔加的《谜语变奏曲》有十四段变奏，每段描写他的一个朋友。这种变奏曲式，既统摄于一个严谨的主题，其主题又在不同的段落中不断变化展开，各段之间相互引申钩联，累累如贯珠，又像片片花瓣在慢慢地开放。

主部主题应该是史珂，那个躯体羸弱的老人，他以一种逃避的姿态，从热闹的中心退缩到“外省”的海滨故居，掩上自己的双耳，拒听那时代的喧嚣（“这世界上，多么吵啊！”）。他经常生活在一种回忆中，回忆亲人朋友，回忆他们共同的温情和苦难，这种回忆也是一种内省，其极致就是一种痛苦的自我审问。表面上看起来，史珂是一个标准的弱者，在任何时代，任何人都可以对他动手动脚，随意摆布。他也自认为是个生活的失败者，一个无用的旁观者。但旁观者又何尝不是一个目击者，一个证人呢？于是逃避和退缩就具有了一些不一样的意义。老人拒绝很多东西，比如电视、网络、消费，还有吴妈。这些东西我们往往视为天经地义，可是我们从来没有在一种疯狂的节奏中停下来想一想：它们真的有那么重要吗，它们真的不能拒绝吗？在一个人人都急急追赶浩浩荡荡的世界大潮的年代，史珂甚至会追问这样的问题："性的时代和阶级斗争的时代哪个更好？"他的拒绝是偏颇的，是逃避的，可就是在这种逃避式的偏颇中，我们听到了稀有的真理性的声音，看到了罕见的行动的力量和勇气。看完《外省书》，我真的有这样的感觉：在我们这个时代，真正的洞见和行动也许注定要以偏见和逃避的形式来出现。逃到哪里去呢？当然就是那个"外省"。我们其实都来自"外省"，可是我们要么就是已经遗忘了，要么就是在努力地遗忘。在"中心化"的过程中我们得到的是如此之多，以至于我们看不到那失去的更多的东西，那些更素朴更本质的东西，还有人的尊严。需要那么一两本书，给我们一些提示。

书中的其他主要人物可以看成是史珂主题的变奏，也是一些呼应、补充和对照。他们都以某种自己的方式偏颇着，逃避着。比如说那个异常美好的姑娘师辉，被时刻觊觎她的粗暴的男性世界所包围，她以一种惊人的固执和顽强抗拒着来自那个世界的侵袭，坚守着自己的贞洁。她拒绝给这个世界传宗接代："生得太多了，到处都在繁殖，生，一刻不停地生……不能再生了。"我想，这是一种真正的"说不"。还有那个贾宝玉式的革命老战士"鲈鱼"，让人想起《六祖坛经》里的那句话："淫性即是佛性。"鲈鱼在一个禁欲主义的年代遍洒爱的甘霖，看似和史珂截然相反，其实都是生错了年代，都是一样的不合时宜，因此才有他们之间同声共气的理解。道家在修炼的时候，有一个说法，叫做"逆之则生，顺之则死"，据说这是一句参透生命妙谛的真言。我想史珂们也是在静静地进行修炼，精神的修炼。在哪里修炼呢？在外省，在精神的外省。

从文字上看，张炜是个决不超脱的人，是个固执到极点的家伙。在张炜的作品中我们熟悉了这样一些词汇：顽强，坚持，记住，守住，温情，当然还有爱。他可能正是用爱在坚持着，在守护着，在触摸着，在聆听着，在感觉着，在思想着。《柏慧》的主人公甚至说自己是一棵树。树的隐喻恐怕是张炜对一个有定力的人的最高褒奖了。在这个看闲书的时代，在这个看图画的时代，在这个看隐私的时代，在这个不看书的时代，也许，我们更需要看一些痛苦的东西，试着触碰一下过去的伤口，并且严肃地凭吊和纪念，切实地追悔和思虑。这是与我们灵魂中的自我相遭遇、相对话的过程，可能是枯燥乏味的，然而，很可能，那才是我们真正需要的。张炜告诉我们一些世界的秘密，告诉我们同伴在哪里，那些看不见的力量在哪里，于是我们的自信心就会生长一点。

从《柏慧》到《外省书》，张炜一直在坚持这么一种看法：世界上所有的好人可能过去都是一个族里的，具有某种血缘的联系，后来因为某种原因失散在世界各地。这种观点看上去粗糙简陋，其实却隐含着一些惊人的真理性。多想想这个道理，什么时候想通了，我们很可能就是一个族里的自己人。

此红楼和彼红楼

平生最爱的小说是《红楼梦》，这些年最愿意读的历史小说家是高阳，眼下三联出了四大本高阳写的《红楼梦断》，不一口气读完是万万不可能的了。为什么会喜欢高阳？一直对历史小说有一种特殊的迷恋，相信有不少人也和我一样吧。我相信人是有前世的，历史小说就是对我们的前生前世的记录，或者说是再现。就算是想像和推测吧，也够牵心揪肺的了。可是非常不幸得很，从我们的《李自成》(第一卷)和《金瓯缺》以后，好像就再也没有读到什么好看的历史小说。这些年来历史小说蛮热的，我也挑了不少有名的来读，可总觉得不够“味道”。我也说不清自己到底要什么味道，姑且名之为“历史味”吧。历史小说同一般小说不一样，它需要一种老到的风格，一种沉郁的基调，一种苍茫的颜色。我们的历史小说，按说写得都很努力，可就是觉得都有些“嫩”，笔力较弱，语言又不够老辣，让人看了不过瘾。幸亏海峡对面还有一个高阳，多少填补了一些空白，就像金庸封笔以后还可以读古龙，这里面有些欣慰，也有些无奈。

读《红楼梦断》之前，并没有指望高阳会再写一遍《红楼梦》。相信任何一个心智成熟的作家都不会敢做这种僭越的事情。可是真正到了阅读的时候，还是忍不住拿来和《红楼梦》比比。和曹雪芹一样，高阳也是描摹人情世故的大师，刻画的深度当然不会比得上曹雪芹，但广度上面恐怕是有过之而无不及。曹雪芹把放大镜聚焦在大观园，高阳的笔触一直延伸到从朝廷到妓院的各个角落。中国文化的重大特征就是特别注重人际关系，高阳笔下的人物几乎全部精于此道。无论是在官场或是在闺房，简直每一个人都是公关高手、心理学大师。大家都很会察言观色，能读懂别人的潜台词，会迂回曲折地通盘考虑各种人际因素，善于搞综合平衡，连丫环们也不例外。《红楼梦》里面王熙凤把人际关系的消长归纳为“不是东风压倒西风，就是西风压倒东风”，这也是《红楼梦断》的重要题旨，从中又可以见到非常中国化的东西，在西方小说中常见的那些你死我活的重大冲突，在高阳那里被软化、微小化、日常生活化了。深受“五四”反传统思想影响的我们，既反感那种腐朽的家族政治，又被抛进了更为粗糙简陋甚至是赤裸裸的人际关系，回过头来看看高阳笔下精致微妙的人情世态，那些近乎艺术化的微观权力运作，既新奇陌生又有隐约的熟悉和亲近，足以令人心醉神迷。

同大陆的历史小说家相比，高阳精通文史，练达人情，熟知中国传统文化的一切花招。但是他也就止步于此了，他无意于对所有这一切作出道德的判断，更不知“批判”为何物。因此他的小说通常满足于再现，甚至是为了他在学术上的考证服务。所以就文学性而言，我们会觉得高阳还停留在“术”的阶段，没有进乎“艺”。在高阳所有的作品中，我们都能看到他喜欢穿插各种掌故轶闻，滔滔不绝，信手拈来，然而这只能算讲小故事的能手，却非搞大叙事的行家，更缺乏总体把握的能力。有时我简直要怀疑他的作品是否仅仅是放大了的古代笔记小说。但是在这部《红楼梦断》里面，可以看到高阳要向《红楼梦》学习，试图作成一种宏大的结构的努力。起首便写李煦（相当于宁国府贾珍）骚扰儿媳妇鼎大奶奶（秦可卿），鼎大奶奶含羞自尽，看似突兀，却暗含了以后纷至沓来的各种变故的总因：家丑外扬，老太太受刺激而去世，李煦因此在康熙那里失宠，得不到好位置来弥补多年的亏空，给继位的雍正凭空制造了整他的口实，而李煦家的破败又牵动着曹家的命运。这种结构，看似完整严密，其实太过直线浅近，更过分强调外在的因素，哪像《红楼梦》，那才叫羚羊挂角，无迹可寻。不过话又说回来了，有谁会用《红楼梦》的水平去要求一部现代作品呢？我想，就把高阳的作品当作失传已久的传统文化教科书来读吧，那里面的东西够我们学习批判和欣赏一辈子的了。

屏幕上的书

二〇〇〇年三月十四日，号称是人类历史上第一本无纸小说的《乘子弹飞行》绕过印刷厂，直接通过网络渠道发行。这是斯蒂芬·金遭遇车祸以来出版的第一部新作。该书在第一天就以付费下载的形式销出去四十万份，开创了出版史上空前的一项纪录，作者也因此狠狠地赚了一笔。小说讲述一个叫阿兰·派克的青年搭车去缅因州看他生病的母亲，在路上他遇到了一个驾驶野马跑车的死人，因此而陷入了一个将他一生都彻底改变了的可怕困境。这部小说不长，但从头到尾都是典型的金式惊怖风格，除了重视气氛的渲染，像墓场上的月光，空屋中断断续续的笑声这些手段以外，主人公的恐惧更来自内心的道德冲突。

《乘子弹飞行》的巨大成功无疑是在已经被炒得很火的“无纸出版”这个概念上面浇了一勺热油。随着电脑网络和通讯技术的进步，书刊、报纸、图片、声音都可以通过电话线流到家家户户电脑屏幕上，方便廉价得就像自来水一样。不用说别的好处了，想想如果全世界的造纸厂都关了门，那么我们每年能够少砍多少树，少流失多少水土！

反对电子书籍的也大有人在，头一个是书商。如果作家们都像斯蒂芬·金那样干，恐怕出版社和书店统统都得关门。当然金也是一个相当特殊的例子，他的名字实在是太有号召力了。亚马逊书店的老板贝索斯说，金哪怕是在香蕉皮上写书，大家也会抢着来买。读者们也有很多抗拒电子书的理由，很多人对纸张油墨的味道有特殊的迷恋，喜欢随手乱翻，更喜欢雪夜暖被拥书的情调，觉得在电脑屏幕上闪烁的词是冷冰冰的，既伤眼又伤神，缺少人情味，还很脆弱，一断电就没有了。

难道写在纸上的文字就不脆弱了吗？不用说火烧了，就连虫子都能把它们吃进肚子里去。其实以纸为媒体的印刷术本身也没有多长的历史。在它出现以前是用人工手抄的，再以前有写在帛书上的、贝叶上的、竹简上的，再以前还要用刀刻到乌龟壳上。文字处理和无纸印刷不过是换一种文字记录的方式而已，过去记录在纸上，现在记录在光盘和网络中，将来还可能记录在其他的什么媒体上。我有一张人民文学出版社出的《中国古代文学宝库》的电子书光盘，不到巴掌大的薄薄的一片，居然收罗了四大长篇名著，三言二拍，全唐诗等等，如果印成书恐怕也要装一箱子了。最新的DVD 光盘，一片就可以装几十亿字。几十亿字哪，全部印成书的话可了不得了，光盘片的成本只要几块钱。过去的文人学者在战火中颠沛流离的时候抛弃遗失的书该有多少。如今逃命的时候只要往衬衣口袋里一插就可以把所有的书带着上路了。

我曾经瞎想过，如果秦始皇的时候就有网络和电子书，焚书坑儒是更容易呢？还是更困难？这个问题打破了头也想不清楚。想当年儒生为逃秦火，还要把笨重的竹简藏在墙壁的夹缝里什么的，又吃力又危险。如果是做成电子书的话可以用一张光盘来轻松搞定，可以放在自己硬盘的一个隐藏目录里，可以藏在网上的免费信箱里，还可以寄放在公共的FTP站点。可如果那时候大家读的都是电子书而不是竹简的话，秦始皇大可以命令他的电脑专家做一个超级病毒，让所有的电脑统统瘫痪。如果这样做还不能让中国文化断子绝孙的话，他可以干脆命令把电厂关了，让大家一了百了。

电子书没有书香的味道吗？这也难说。我的这张《中国古代文学宝库》做得非常漂亮。里面可以选山水画做背景，上下两端各有卷轴，文字在中间，你可以选择让文字自动地慢慢地向上卷动，仿佛一幅字画在慢慢地展开，再配上几十首美妙动人的中国古乐，那意境比市面上买到的书强多了。而且文字的字体、大小和间距可以根据你自己的窗口平台任意调节。如果是老花眼的人，可以把里面的字体放大到核桃那般大小。毛主席当年如果有这样的软件，恐怕就不用专门为他特制大字号书了。我最喜欢选用三号的行草字体，配上《春江花月夜》的音乐，看《春江花月夜》慢慢地向上升起。遇到任何一个不懂的字，用鼠标点一下，就可以看到权威的解释，听到标准的读音。你见到过这样的书吗？这已经不是书了，这是艺术。读这样的作品是一种真正的享受。你会感觉到，新的“书香”正在产生。何必一定要死守住已经贵得太不像话了的纸书呢？

历史小说的境界

平生最喜欢读历史小说，却总是在哀叹好的历史小说难觅，恐怕正是因为历史小说特别难写的缘故吧。我觉得历史小说有三种境界。第一等尽得历史真髓，彻底打通历史的关节、时空的隔膜，让读者进入一种不知今夕何年的庄生梦蝶的境界。这等境界的作品，我简直就举不出几部来。个人的印象里，显克微支的《你往何处去》应该可以算一部。如果把《战争与和平》当历史小说的话，马马虎虎也可以算一部。第二等的作者史事精通，史识过人，驾驭各种历史材料游刃有余，能把过去的时代活灵活现地拉近到我们的眼鼻之下，让我们痛痛快快把玩个够。能达到这样的境界，也已经着实不易，是毫无疑问的精品。第三等的作品，也还是能够建立在基本史实的基础上，给读者一个大致的历史框架，可惜这个大框架里填的内容，要么翻翻历史书就可以找到，要么苍白干瘪，缺乏生气灌注的细节，读是能读下去，但总觉让人觉得不够"味道"。坦率地说，我以为我们大部分的历史小说都属于这第三类。

最近一鼓作气读了三部篇幅浩瀚的历史大作，一是高阳的《红楼梦断》，我毫不犹豫地把它列入上面说的第二类。二是《李自成》的第四第五卷。看这两卷的时候，我不断地在回想我当年看过的第一卷，不断地在回味当年的那种心情，那些闭着眼睛就能想起来的细节，那一次次的心跳和激动。所有这一切记忆支撑着我，让我终于把最后两卷看完了。我不能相信这最后两卷真的是出自姚雪垠先生之手。为了证实这种感觉，我把第一卷又看了一遍。没错，第一卷还是第一卷，我几乎愿意把它列入第一境界的历史小说，雪垠先生在那时候是真正的大手笔，可是第四第五卷该归入哪一境界呢？我不愿意想下去了。再一部就是唐浩明先生的《张之洞》，这是一部材料丰富，写得非常用力的历史小说，但我掩卷之余，还是觉得心有不足。

写晚清，有高阳的几十部作品在前头，要论史料的圆熟，细节的丰富，人情世态的生动微妙，大陆作家是万万拼不过高阳的。好在我们手中也有利器，那就是所谓的历史意识，宏大开阔的视野，对历史的痛切反思等等，这些东西是在高阳那里连影子也看不到的。那么这些深刻的历史思想是不是把我们的历史小说救活了呢？按说选取张之洞这个人做主角，绝对是非常有眼光的，这个人正好在半新不旧之间，在方生未死之际，在传统与未来的冲撞之下，在历史风云际会的最前沿，在他身上可以发掘出非常丰富的东西。作者正是努力去那样做的，从张之洞作为清流砥柱，出任山西巡抚，禁毁烟田，中法战争中危难受命，镇南关大捷，到建汉阳铁厂，积极推动洋务运动，张之洞一生的每一重大阶段都浓墨重彩地出现在小说中，而这每一阶段都和中国近代史的重大事件密切关联。作者努力表现特定历史氛围和情境中特定人物的性格矛盾和命运悲剧，这本是无可厚非的，但最后留在我们脑子里的张之洞，还是一些概念性的东西：清廉，爱国，忠君，既讲传统的道德，又有开放的心态，学识过人不拘小节。作者想写出人物的复杂性，可我们最终得到的还是一个简单化了的形象，这究竟是怎么回事呢？

细节！这是历史小说最困难也是最吸引人的地方。我甚至设想，一部历史小说，是不是只要有了丰富生动的细节，可以其他的什么都不要，高阳又是一个可以参考的例子。《张之洞》里的一些细节就让人觉得比较嫩弱肤浅。小说里有一段写同样是晚清名臣的张之万与张之洞密谈时吐露心腹之语，告诉后者一条官场进身的诀窍。是什么呢？“这诀窍就在于要寻找一个有力的靠山。”听到这个诀窍，“入仕已经近二十年了”的张之洞受到“如同佛手摩顶一般”的震动。这就未免有点太看不起读者了，像做官要有靠山这等稀松平常的道理，不要说张之洞了，地球人都知道哇，有必要在小说里那么郑重其事地强调吗？

历史小说要讲究虚实相间，虚实互补。《张之洞》的“实”的一面应该是过硬的，大的环节都忠实于历史。问题就出在“虚”的一面。这个虚的一面最是微妙，它是由细节、韵味、笔力、文字功夫等等因素综合而成。它是虚构，但不是无中生有，而是虚中有实。这个虚的方面玩不好，再精当的历史选材，再深刻的历史意识也是徒然，只能成为概念的牺牲品。在读《张之洞》的时候，我们特别难以认同一些用现代的思维方式和句式构造出来的对话，历史场景，和人物心境。比如说，为了突出张之洞忧国忧民的感性的一面，就把他写得特别容易心潮澎湃，每每“激动得两眼闪动着泪花”，“激动地握着桑治平的手说”，“两双滚烫的大手紧紧地握着”，“凝重的目光遥望着窗外”，“人生难得最是情。是的，情难得！”……很难想像，这是一个在中国历史上最黑暗最腐朽的晚清官场上滚爬了几十年位置不倒的封疆大吏的风范。这种描写中恐怕折射出的还是我们的作家难以摆脱的急于以古注今、借古喻今的心态，丧失的则是历史小说应有的苍茫沉郁的独特韵味。借历史小说对当代文化进行反思，对民族传统文化的再评价，对中国现代化的过程进行再思考，这些当然可以成为创作的题中之意，但历史小说首先应该是小说，我们的历史小说作家可曾把这句话一直放在心上？

新希望

二十多年前，在一片“向科学进军”的口号声中，我加入了“科幻”迷的庞大队伍。那时我最喜欢的作家是郑文光、童恩正、叶永烈，最喜欢的刊物是《科学文艺》和《科幻海洋》，最喜欢的小说是《小灵通漫游未来》。当时像我这样的孩子一定很不少，因为《小灵通》一销就是三百万本，足以羡煞今天畅销或不畅销的所有作家们。可惜好景不长，到了二十世纪八十年代中，席卷中国的科幻狂潮就像恐龙那样莫名其妙地消失了。这里面据说有政治原因，因为批判精神污染，“科幻”也不小心被陪进去了。不过据我看来，读者的唾弃恐怕更是主要的原因。那时候的绝大部分“科幻小说”，既没有科学，也没有幻想，更谈不上文学。即使是像《小灵通》这样最优秀的作品，充其量不过是毫无情节的科普读物罢了。比如说，里面写到有将来有一种“电子报纸”，可以调节旋钮在屏幕上阅读——哪有今天我们用鼠标点击那么方便？可是，我后来回忆自己的那个弱智的年代，一点也不觉得脸红，要怪也要怪“四人帮”把我们都弄成科盲，然后又突然走进科学的春天，当然要饥不择食啦。

在本国科幻热退潮后，很多像我这样的读者转向了外国科幻作品，不幸的是外国作品我们总是挑最糟糕的引进，翻译的数量也很少，当然这是另外一个话题了。然后发现台湾的张系国和叶言都还不错。等到这些都全部看完的时候，只好堕落到看倪匡的地步了，幸亏这位老兄的作品还不那么容易看光。在这些萧条的日子里，我常常会哀叹我们文学家科学意识的薄弱，科学家人文素质的低下，更怀疑国人是否有幻想能力的先天不足，总之，很有点本国科幻虚无主义的味道。

转眼间走进了新时代，我渐渐开始闻到一些新的气息，感觉到新的潮流的涌动。我终于读到了一个叫作刘慈欣的人的作品，然后我对中国人幻想能力的所有的悲观和怀疑仿佛在一瞬间烟消云散。事情是从我无意闯入《科幻世界》论坛开始的。我发现大家都在那里谈论一篇叫做《乡村教师》的作品，便忍不住找来看了。平淡的书名很可能恰恰是吸引我眼球的理由。这部短篇读到快一半的时候，我简直怀疑自己是不是弄错了，这里面没有一丝一毫科幻的味道啊。一个极度贫困山区的平凡的乡村教师到了肝癌的最后时刻，他用微弱的生命的最后一点余烬，给小学生们上了最后一课，他想努力再塞给孩子们一点点知识，哪怕这些知识很可能对这些孩子的将来不会有一点点作用。这难道不就是《凤凰琴》的翻版吗？但是我读下去了，因为即使不是科幻，浓烈的文学味道已然把我卷入了小说中的情境，然后……

卖个关子吧。这后面的转折绝对是大家难以想像的。一个微不足道的乡村教师的最后一点可悲的努力，被作者融入了一个在时间和空间上都极为壮阔的太空史诗。而这个教师的意义，也被发挥到了一个广袤的宇宙的尺度，可以说这样的尺度在普通的文学作品中是很难达到的。我从来没有在中国的科幻文学中看到过如此宏伟的想像力，而这想像力又是从最平凡的角度展开，用坚实的技术化的细节来具体化。

我如饥似渴地读完了刘慈欣的几乎全部作品，它们几乎全都能给我带来惊喜，虽然程度不等。《超新星纪元》是刘慈欣今年奉献给我们的最新力作。这部长篇科幻描绘了一个奇特的未来：全部的成人都被一种宇宙射线消灭，只有十三岁以下的孩子因为具有免疫能力幸免于难。当地球上全部都是孩子的时候，这个世界会变得怎样？戈尔丁在《蝇王》里探讨过类似情境的哲学意义，刘恒在《太阳颂》里挖掘过类似情境的政治意义。刘慈欣显然是从科学技术的角度来切入这一可能性，可是他决不限于技术层面的想像，而是最终展开了此一命题的文化意义。物质的过剩是否也是一种灾难？网络的绝对民主会带来集体疯狂吗？终极的游戏是否会带来终极的战争？这样的未来中无疑映射着现在。想想我们现在集体宠养的一个个似乎永远也长不大的“小皇帝”，我们就更能深切体会到刘慈欣这部作品的洞察力和强烈针对性。

刘慈欣的缺点还是很明显的，他常常过度煽情，有时候还用一些旧的套语，对未来也过分理想化。但是这些都不重要，在刘慈欣的作品中，我最看重的是他的想像方式。他的想像，和其他中国科幻作家们有很大的不同。刘慈欣的想像不是零散的，哪怕是在很短的短篇中。这些想像背后有一种组织和秩序，它们指向一个整体，这个整体我们通常称之为“世界”。我以为，中国科幻，甚至可以说整个中国文学中，最缺少的就是“世界”。从《流浪地球》、《微纪元》到《超新星纪元》，这个世界已经卓然成形，日趋丰满。对刘慈欣，我们有大希望。

《九三年》

雨果的《九三年》，伟大的故事，伟大的人物，伟大的思想。

《九三年》是雨果的最后一部小说，发表于一八七二年，可是我敢打赌任何人只要拿起它，就一定会一口气从头读到尾。雨果真是讲故事的大师，这里的节奏、气氛、悬念足以使那些今日那些最畅销的惊悚小说的作者们汗颜。

一七九三年是法国大革命极为关键的一年，也是人类历史的重大转折点。在革命和反革命斗争最白热化的关口，老谋深算的王党贵族朗德纳克侯爵渡海来到布列塔尼，发起叛乱，向共和国进行疯狂反扑。他的对手正好是他的侄孙，勇敢善战的共和国远征军司令郭文。而郭文背后，又有一个既富理想主义精神，又铁面无私的政治委员西穆尔登，是马拉、罗伯斯庇尔和丹东亲自派来监督“过于仁慈”的郭文的。在最后的决战中，朗德纳克大败，从暗道逃跑，可是当三个小孩被困火海时，他却在刹那间良心闪现，返身回救，因此身陷囹圄。郭文奉命处决朗德纳克，可是他下得了手吗？小说就这样来到了一个永恒的责任与信念的巨大冲突：不杀了朗德纳克，对不起革命；杀了朗德纳克，对不起自己的良心。郭文在痛苦而深邃的沉思中提出了一个光照后世的重大疑问："革命的目的难道是要破坏人的天性吗？革命难道是为了破坏家庭，为了使人道窒息吗？绝不是的。一七八九年的出现，正是为了肯定这些崇高的现实，而不是为了否定它们。"

在我第一次读《九三年》时，还是一个初中二年级的学生，那时候莫名其妙地追求一种"深刻"，对所有"肤浅"的东西嗤之以鼻。所以，当时我一面为《九三年》的精彩故事所深深吸引，一方面却觉得里面的人物太不真实，近于神话，更认定那种雨果式的人道主义理念在阶级与阶级兵戎相见的现实面前过于苍白，不值一顾。现在，我已经人到中年，稍微知道了一点人事和世事，才慢慢地体会到那些"深刻"背后的冷酷、无情和可怕。好像是补课一样，在今天我越来越"肤浅"地迷恋雨果笔下那些博大的胸襟，高贵的性格，悲天悯人的情怀，体会到雨果式的"肤浅"的真正意义："在王权之上，革命之上，人世的一切问题之上，还有人心的无限仁慈。"

《指环王》和我们的世界

《指环王》最近在国内算是红透半边天了，盗版 DVD 和 VCD 狂轰滥炸了好几个月，可也挡不住人们排着长队抢购影城一百块一张的首映票。电影就不去说它了，可是连原作小说也冲上了诸多排行榜，每个书店都把它摆在最显眼的位置大卖特卖，这就未免让人觉得满腹狐疑，甚至会怀疑这里面是不是有什么猫腻：真的会有那么多的中国人喜欢这部小说吗？

没错，这部书问世以来在全世界卖了一亿本，据说销量仅次于《圣经》。在很多西方人的眼里，恐怕它的价值还要在《圣经》之上。我认识一个搞汉学的挪威人，自称把《指环王》看过三十遍，坚信那是世界上最好的一本书（同时也相信小说里的“中洲”就是挪威）。可就是这同样一个人，居然说金庸的小说他看不下去。文化沟通，说说容易，到底离人类大同还远着呐。

脚上长毛的霍比特，丑陋畸形的小矮人，半人半神的法师，食人妖，僵尸族……我们会接受这些人物吗？想想我们的《西游记》，里面哪怕是妖魔鬼怪，也是多么有趣可爱，多么美丽迷人！我们会喜欢那些潮湿腥臭的地牢，黏糊糊的沼泽，阴风怒号的黑暗峡谷吗？更重要的是，我们会喜欢那样的故事吗？世上的故事，恐怕很少有比《指环王》更简单和无趣的了：魔鬼造了一只神奇而又邪恶的戒指，想用这个戒指来奴役全世界，于是各族的人和精灵们派出一个团队，负责把这个该死的戒指摧毁掉。他们走啊，走啊，走到一个地方，遇到一些妖怪，战斗一番，然后再走到另一个地方，又遇到一些妖怪，再战斗一番，再接着上路，如此往复，直到最后胜利。每到一个地方，作者都会停下来大写特写该地的风光和历史，搞得你会忘了情节的发展。至于像什么人物的心理，性格的发展，这些在《指环王》当中似乎完全都看不到。《指环王》既没有纯文学的对人性的深度探究，也没有通俗文学那些复杂曲折的情节，那么它到底是个什么玩意儿，它哪来那么多的狂迷者呢？

我们完全可以把这本书当作一个虚构的世界的游记和历史教科书来读，这也许就是这部不朽名著的全部奥秘所在。这部小说中的几百个人物和地名，可以说是处处有传说，人人有来历。作者托尔金倾注一生心血，虚构了一个遥远而庞大的世界，这个世界有严密而翔实的历史，有极其丰富的细节，所有的人物，传说，风景，无不相互指涉，烘托，印衬，交织成一个无比真实的太虚幻境。《指环王》里，光是各族人所说的语言，就各有声调、词汇、音节、风格方面的微妙差别，形成各不相同而又相互交融的语言系统。托尔金本来不是什么文学家，而是研究欧洲古代语言的专家教授。他有一个特殊的兴趣，就是自己创造语言。据说他一生创造了十五种语言，然后把这些创造也用在了《指环王》的世界里。托尔金声称自己并不是《指环王》的作者，他只不过是获得了那些远古的手稿，通过研究整理，把它们翻译出来而已。这种说法当然是很多二三流小说常用的“真实化”的老套子，可是在托尔金那里，这种把戏玩得实在是太专业、太厉害、太可怕了。他不但“翻译”出了不同族人语言的不同风格，还要表现出不同族人之间相互“翻译”沟通的情景。他原书的附录F就是专门谈这些“翻译”的技术问题的。这些虚构的语言是如此真实，我们真的会产生那样的幻觉，好像真的有那些手稿的原本，也就真的有那个地方，真的有那个历史。到了这样虚实相生的境地，小说的情节好不好还重要吗?

这样看来，我们想要通过翻译来欣赏《指环王》恐怕是难上加难了。托尔金自己也说那是无法翻译的。也许需要一个托尔金那样的翻译者?《指环王》的世界体系是极其复杂的，更糟糕的是，托尔金在小说里提到各种人物、地名和物品时，根本就不加说明，仿佛预设读者天生就该知道那些东西一样。这更增添了阅读的困难，可也更容易产生“真实化”效果，更是对读者的尊重，相信读者一定有能力终究会搞清楚。我们的金庸先生也深悟这种手法的奥妙，常常把武功、派系、人物自然而然地拈来，不作多余的解释。像梁羽生这样的武侠小说家，就会正在双方打得热火朝天的时候，突然跳出来向读者解释人物的“招子”指的是眼睛，“风紧，扯乎”是逃跑的意思，好像我们读者都是些傻瓜。

傻瓜也好，不是傻瓜也好，读《指环王》绝不是可以一蹴而就的轻松事情。要搞清楚那里面的历史和谱系，需要一遍又一遍的反复阅读，甚至需要学术钻研的精神。托尔金在原著的背后，加了六个附录，其中有神话传说、历史年表、家族谱系、语言文字的研究，从多个侧面进一步烘托那个虚拟的世界。越是这样，《指环王》就越是给人们留下了可以无限想像的空间。时至今日，研究者和托尔金迷们对《指环王》的许多细节争论不休，大家各自引经据典，包括托尔金语言学专著和私人信件中的材料，而越是争论，《指环王》中的世界也就变得越是真实。

《指环王》这样的作品强烈地体现了西方文学的一种“创世纪”精神，就是用有限的语言、元素、规则去创造一个无限的世界，这个世界在诞生以后会获得自己的动力和生命。这也是一种神话精神吧。当年上中国文学史，第一课章培恒先生就讲中国文学从一开始就没有形得成体系的神话，令我十分沮丧。这种沮丧感我也常常在读《指环王》、《沙丘》这样的小说时不断重温。可是再仔细一想，我们真的没有宏大的神话体系吗？最后我还是欣慰地找到了一个，那就是金庸的小说。

武侠小说恐怕是中国文学中最能对应于西方的奇幻文学的门类了。在金庸的小说中，我们可以看到毫不逊色于任何西方奇幻文学的“世界”。比较一下中西奇幻文学各自的第一高手是有趣的。我们真的要大大感谢金庸，因为他替我们扳回了极其重要的一分。金庸的武侠世界也是一个拥有无限丰富性的有机体，其中的“门派”就是《指环王》中的“族”，它们同样拥有自己的传说、历史和迷人的细节。要论人物的气韵生动，感人至深，金庸则远在托尔金之上。托尔金的小说里几乎没有一个女性给人留下什么印象，可是金庸创造了多少令读者们心旌摇曳的女子啊。在托尔金那里，所有的敌人们，无论是小妖还是大魔头，除了坏还是坏，没有其他任何的特点。金庸的那些坏蛋，有岳不群那样的伪君子，有左冷禅那样的枭雄，也有鸠摩智那样的宝相庄严，各有各的坏法，没有一个坏得一样的。我最喜欢看金庸把大高手坏蛋写出非凡的气度，这一点二三流的武侠小说家是无论如何做不到的，托尔金也做不到。《指环王》当中，不要说坏人了，就是好人也没有什么英风侠骨的气度（阿拉贡稍微有点那个意思），像灰衣法师甘道夫和白衣法师萨罗曼，这两个算是顶尖的高手了吧，可是看看电影当中两人搏斗的情景吧，两人要么扭作一团，要么互相扔来扔去，一点章法和派头也没有，这种打法，迹近无赖，在金庸那里，就是下三滥的强盗也不屑的。《指环王》中的武功和魔法实在是乏善可陈，而且常常是混战和群殴的场面，大家拿刀剑乱砍乱捅，不要说在武功中蕴含博大精深的文化了，就连起码的招式也没有。

金庸的小说同《指环王》有一个相同之处，那就是无法改编成电影，这也是这世界上所有真正的文学杰作的共同标志吧。电影《指环王》出来以后，好评如潮，不但高居排行榜首多时，还收括了多块奥斯卡奖项，按说应该是表现很不俗吧？可是在真正的托尔金迷眼里，那绝对是个笑话，就如同真正的金迷会觉得央视的《笑傲江湖》是个笑话一样。道理太简单了：《指环王》很难翻译成中文，当然更难翻译成电影，就如同金庸的作品很难翻译成外文一样，要知道金庸的作品在所有非华语的地方都是惨遭失败的。电影《指环王》运用了当今最先进逼真的电脑 3D 技术，可是恰恰因为这样，它反而显得不真实，因为小说《指环王》中最真实的东西不是在视觉上，而是在语言上。我看《指环王》电影，感觉像是在看一个视觉效果惊人的电脑游戏（游戏迷一定会喜欢），这不是改编和“翻译”的失败和耻辱，而是文学终极的骄傲。

《指环王》小说中，有一种说不清道不明的忧伤，仿佛是对那样一个充满魔法的神奇世界的无限留恋。就在小说的进程中，一扇扇的门逐渐关闭，精灵们一个个退隐，暗影降临大地。大魔头虽然被击败了，可是神奇的魔戒也被摧毁了，世界正在进入一个新的纪元，一个现实、理性和冷漠的纪元。今天全世界对《指环王》的迷恋中还是有那种失落的忧伤意绪吧。可是《指环王》作为小说本身，带着它对语言的惊人执迷，是不是也在逐渐远去呢？

漂泊的精魂

很久没有享用如此丰盛的文字大餐了，张炜的《丑行或浪漫》令我心醉神迷。什么时候，哪一部小说还能让我们激动，让我们燥热，让我们中夜不眠？我读过张炜二十世纪九十年代以来所有的重要作品，每一部都会让我有这样和那样的共鸣。可是，即使是像《柏慧》和《外省书》这样的杰作，也会让我们这些永远认同张炜的人产生额外的奢望：什么时候我们才能再有一部《九月寓言》呢？现在，我们的企盼终于得到了回应：《丑行或浪漫》不但回到了《九月寓言》，而且还在不少方面超越了它。

这部书是一个奇异的混合体，它简单朴素，却又丰厚华美。一个乡村女子，爱上了当地的乡村教师，却被当地恶人所霸占，她抗暴出走，开始了满世界无止境的奔走和寻找。这里有简单的乡村，简单的结构，简单的情节，简单的人物（张炜笔下的人物从来就不复杂）。我们的世界算是越来越复杂了，生活仿佛是一天比一天更加扑朔迷离，让人越来越摸不着头脑。我们正飞速地遗忘一些最简单的，最基本的常识，而大量的文学作品正在乐见其成地助长这种昏然不知所措的状态，说它们是馎糟啜醨，顺势把水搅浑也不为过。在这种形势下，我们就格外珍惜那些要顽强地回到基本事实、基本原则的作品，因为这实在是太难了。我们已经在各式各样的迷宫中走得太久太远，甚至是乐此不疲，再要回到简单的起点，所面临的障碍是非常巨大的。

什么是基本事实、基本原则？爱、怜悯、善、道德、追寻、大地……这些是我们长久以来一直在努力逃避和遗忘的字眼。使问题更加复杂和令人绝望的是：我们的逃避和遗忘不但是可耻的，也是合理的，甚至是正当的。为了真诚，我们学会了反讽和调侃，到头来深陷其中难以自拔。谁敢担保重返真理的回头之路不会让我们吃二茬苦，受二茬罪？我们有足够的借口替自己的犬儒主义辩护：看够了，怕够了。

所以，我们宁肯掉头去玩电子游戏，看侦探小说，看《大话西游》，无止境地上网灌水。所谓的纯文学，是很难激起我们的热情和兴趣了。可是我们真的心如枯木，死水一潭了吗？总有那样的时刻，我们已经哑然的那一根弦被一种乐音所激励，重新发出鸣响。阅读《丑行或浪漫》，就属于那样的时刻之一，我们重新双手合十，感谢上苍，或者说，感谢文学。

小说的主人公刘蜜蜡，是张炜为人物稀缺的后新时期小说贡献的一个难忘而动人的形象。她美丽丰饶，肥大喜人，犹如果实累累的原野。她继承了《九月寓言》里疯跑的肥们的精力弥满，却比她们更加情欲旺盛。她善良温厚，多情大胆，虽遭残酷虐待和种种不幸，却始终开朗热情，永远不停止她的追求和希望。这是一个既传统而又崭新的形象。刘蜜蜡承受着中国传统和现代妇女的苦难，她和她们一样地痛苦和哭泣，但她不是孟姜女，不是秦香莲，不是刘慧芳。她会擦干自己的眼泪，像受伤的动物那样舔好自己的伤痕，然后上路。她是最大的受难者，却又是最慷慨的施予者。小说最动人之一处，就是写刘蜜蜡抗暴逃亡的路上，在风餐露宿、万分艰难之际，委身于一个个找不到老婆的穷光棍汉。这既是求生的策略，也是主动的献身，更是慷慨的施与。这是我看到的对情欲的最真诚、最自然、最美好的响应，和“身体写作”一代热衷描写的滥性乱交实有天壤之别。这就是怜悯、就是爱、就是善，如此真切、如此感性、如此动人。如果说张炜重新唤起了我们对道德的感觉和兴趣，那就是这种道德，刘蜜蜡的道德，从大地和自然中生长的道德。就其神圣的性感而言，刘蜜蜡可以称得上是中国式的圣母。

这就是我和我所知道的很小的一群人偏爱张炜的原因。人民在张炜的作品中有着特殊的意义，但决不是打着人民的招牌挂羊头卖狗肉。那是在田野上辛勤劳作的人民，沉默而又强大，是怜悯的对象而又是怜悯的主体。知识分子和劳动人民，谁启蒙谁，谁怜悯谁？在蜜蜡—雷丁、蜜蜡—赵一伦的关系中，张炜再一次深入触及了这两极的复杂难解的关系。我相信张炜是在召唤着一种在知识和身体之间的永恒的和谐，虽然这种和谐在现世中是如此难觅。值得注意的是，《丑行或浪漫》中人物的家族特征出现了一些新变。张炜是当代中国最执着于人物谱系结构的一位作家。我曾经在他的部分小说中粗陋地还原出三种最基本的神话人物原型：英雄族、穷人族、魔鬼族。按照这种划分，刘蜜蜡应该属于穷人族，但是她身上却分享着英雄族中许予明、“鲈鱼”、淳于一类人的某些特征：情欲旺盛，自由不羁，喜爱漫游，富于叛逆精神。从另一面来说，穷人族中也开始出现魔鬼族的帮凶和胁从。比较一下《九月寓言》中的“忆苦会”和《丑行或浪漫》中的“辩论会”，可以看出后者的民间更加呈现出暗黑的一面。张炜在重新调整他的家族谱系的界线吗？他的小说的主体重心是否再一次地发生了转移？无论是怎样的调整和转移，在张炜的小说中总是有一些绝对不变，绝对不能妥协的东西。对张炜来说，善就是善，恶就是恶，这里面有一些绝对的，无可争辩的东西，任何一种要把它们混为一谈的努力，无论多少冠冕堂皇，无论拥有多少“合理性”

或“后现代性”，其实正是我们这个时代的可耻的借口和表征。

张炜仍然是偏执的，喜爱张炜的人也必定将要偏执地喜爱下去。

在反抗和逃离之间

——读《海边的卡夫卡》

我的村上接受史有点奇怪。一开始的时候，我对村上春树的作品是比较抵抗的。记得最早看到《挪威的森林》还是在二十世纪八十年代，在一本外国文学杂志上，随便翻了几页就看不下去了。当时的印象是：太小资了，很肤浅。那个时候心高气傲，自以为很深刻，很多东西都不放在眼里，尤其是对小资情调，还带着与生俱来的保尔式的满腔蔑视。到了九十年代中期，拿到漓江版的《挪威的森林》，不知怎的就翻到渡边和直子在东京漫无目的、没完没了地转悠的段落，突然莫明其妙地被感动得一塌糊涂。具有讽刺意味的是，那时候已经完全过了青春期，也就是说完全过了村上人物的年龄了。这多少有些错位吧，不管怎么说，从此就不再仇视小资，附带着连披头士都一道喜欢了。后来有机会去东京，专门沿着本乡、御茶水到四谷走了一圈，就是渡边和直子在那个漫长的下午走过的完整的线路。

感动归感动，我到底不是村上的忠实信徒。看他的作品，我常常还是一半迷恋，一半不屑。一边熬夜看，一边骂自己：都这把年纪了，蠢不蠢啊。我对村上的这种含混不清的态度，恐怕和村上及其笔下人物同这个世界的关系有点相像：他们是抗拒的，也是认同的；是反叛的，也是媚俗的；是超然的，也是现实的。无论如何，在我们这个年头，文学应该感谢村上，是他，而不是那些拿了诺贝尔奖的衮衮诸公，硬生生地替文学从好莱坞大片和网络游戏中抢夺了可观的一片地皮。日本已经有人在谈论把村上的头印到钞票上去的可能性了，我觉得这一点都不过分。

拿到最新的《海边的卡夫卡》，我又是差不多整夜不眠地把它看完了。这一回，村上的巫术魔法简直是铺天盖地而来，挡也挡不住。小说写少年田中卡夫卡带着父亲的恶毒诅咒坐夜行巴士来到高松，在郊区一个小小的图书馆里打工。气度非凡的图书馆员大岛身上有什么秘密？美如天人的馆长佐伯难道真是田中的母亲？他真的会像神话中的俄狄浦斯那样奸母淫姊弑父吗？这部小说可以视为一场惊天大梦，在梦中，一些骇人听闻的事情无可挽回地发生了。当梦结束的时候，我们这个世界也连带着得到了改变。所有这些稀奇古怪的事件，都以村上一贯中性温和的语气娓娓道出，各种细节纷至沓来，清晰如生，却又克制而不过分渲染。一卷终了，我们会忍不住问：这真的是梦吗？

我曾经路过高松，吃过那里特制的一种乌冬面，确实是特别有咬头。我坐过那种夜行高速巴士，路线和田中的大部分重合。我去过几个小型的纪念图书馆，那份整洁和宁静同小说里的甲村图书馆一模一样。这一部分的世界是干爽明朗的，亲切熟识，伸手可揽，即使是离家出走，也似乎轻易可以配上一份悠扬轻松的口哨。但是走着走着，不对了，世界开始晦暗不明，一切都开始变得飘忽不定。在不少作品中，村上经常提到“世界边缘”这个概念。什么是世界的边缘？为了防备警察的追捕，大岛长途飙车，在舒伯特钢琴奏鸣曲的伴奏下，把田中带到森林边的一个小屋。可以说，这个小屋就是我们的“正常”世界的边缘。在这里，暗影逐渐笼罩，另一个世界开始显露形迹，它就隐藏在巨大无边的森林深处。那个世界到底是什么，地狱？死亡？原罪？无意识？这就是但丁在《神曲》中为之惊心的森林，也是霍桑的古德曼·布朗发现了他妻子的秘密的黑松林。甚至，在一种延伸的意义上，它就是那个诱惑了渡边，吞没了直子的“挪威的森林”，深厚黑暗，恐怖迷人。田中卡夫卡正因为远离了尘世的喧嚣，才得以徘徊在世界的边缘，终于不顾一切地突破了界线，回归于母体，参悟了真相，直面于自己的罪孽，深抵黑暗的心脏。

小说的另一条平行线写天真淳良如婴童的奇异老人中

田，他因为战争的创伤而失去全部记忆，靠一点可怜的养老金过着极简单的日子，连买电车票都不会，可是却通猫语，还能召唤鱼和水蛭从天而落。中田其实也是一个游走在世界边缘的人物，他的大脑是一片无边的虚空，也正因为如此，他离真实比谁都近，或者说，他就是真实。中田不堪忍受一个自称琼尼·沃克的人对猫的残酷虐杀而将其杀死，然后踏上了关闭世界之门的旅程。这条线和田中的内心之旅是密切关联的。中田面对的是外部世界的凶残和邪恶，田中面对的是内心的诱惑和罪孽。最终，这两条线索在高松重合了。外部的罪和内部的罪，这两者难道不正是一张纸的两面吗？也正是在这一点上，《海边的卡夫卡》既是幻想中的神话寓言，又是直面现实的入世之作。问题是，外部的罪可以用一把锋利的刀来终结，内部的罪有那么容易一笔勾销吗？表面上看来，田中卡夫卡比俄狄浦斯王更加坚强勇敢，后者只知一味逃避，田中却悍然主动闯关，直入禁区。但是，罪孽的克服也就是罪孽的完成，此一永恒命运悲剧的内核在两千年后的今天，可以说没有多大改变。

也许可以这样理解村上的意思：我们都是失落的灵魂，没有一种拯救是纯洁完善的，重要的是，我们上路了。

图书在版编目(CIP)数据

和而不同/辛丰年,严锋著.—上海:上海人民出版社,2018
ISBN 978-7-208-15250-2

Ⅰ.①和… Ⅱ.①辛… ②严… Ⅲ.①随笔-作品集-中国-当代 Ⅳ.①I267.1

中国版本图书馆CIP数据核字(2018)第126491号

责任编辑 陈佳妮
封面装帧 张志全工作室

和而不同
辛丰年 严 锋 著

出　　版 上海人民出版社
(200001 上海福建中路193号)
发　　行 上海人民出版社发行中心
印　　刷 江阴金马印刷有限公司
开　　本 787×1092 1/32
印　　张 6.5
插　　页 5
字　　数 108,000
版　　次 2018年7月第1版
印　　次 2018年7月第1次印刷
ISBN 978-7-208-15250-2/I·1737
定　　价 36.00元